Kadokawa Fantastic Novels

4.5

歡迎來到實力至上主義的教室2年級篇

Welcome to the Classroom of the Second-year

衣笠彰梧×トモセシュンサク

「妳、妳竟然推我，太過分了，小波瑠加！」
「誰教妳不趕快出去呀。」

波瑠加這麼說，在愛里登場後
也隨即露面了。
「喂、喂喂……」
該怎麼說呢，她們兩人
都穿著令人難以置信的
大膽泳裝。

輕井澤惠

姬野由貴
二年級一之瀨班。跟關係融洽的班上同學保持著一段距離。

山村美紀
二年級坂柳班。學力雖高，但存在感薄弱的少女。
時任裕也
二年級龍園班。對龍園的做法抱持反感。

4.5
歡迎來到實力至上主義的教室2年級篇
Welcome to the Classroom of the Second-year

歡迎來到實力至上主義的教室
Welcome to the Classroom of the Second-year
2年級篇
4.5
衣笠彰梧
KINUGASA SYOUGO
トモセシュンサク
TOMOSESHUNSAKU
Kadokawa
Fantastic Novels

歡迎來到實力至上主義的教室2年級篇 4.5
Welcome to the Classroom of the Second-year

contents

愉快暑假的開幕 011
池與小宮 013
短暫的假期揭開序幕 047
各自的假日 095
各自的成長 123
犯桃花的尋寶遊戲 208
因緣的過去 284
心靈互相接觸之時 351

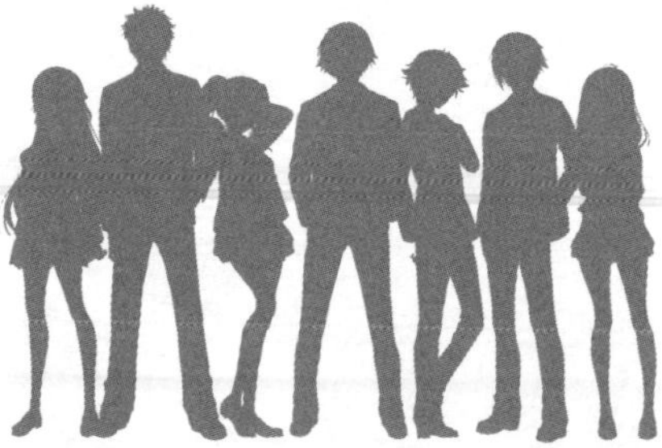

彩頁、內文插畫／トモセシュンサク

愉快暑假的開幕

看到睽違兩星期後回到手邊的手機，許多學生們都一臉開心似的露出笑容了吧。

對生活在現代的人們而言，手機這項工具已經成為不可或缺的存在。智慧型手機在十幾歲以上二十幾歲以下的普及率，於二〇二〇年時已經超過百分之九十九。回顧那樣的社會風氣，這件事實也是無庸置疑。

對於升上高中後才持有手機的我而言，雖然它作為生活必需品的優先度還沒有多高，但會變得不能沒有手機，也只是時間的問題吧。

豪華遊輪優雅地航行在汪洋大海上，接下來會有一段期間讓學生們過暑假。

回想起來，去年的我實在不能說是在真正的意義上歌頌了暑假。

能稱為朋友的存在、戀人的存在。

即使只是見過幾次面的程度，卻也能互相稱呼名字的學生人數。

無論挑哪一點來看，都展現出跟去年無法相提並論的巨大飛躍。

在遊輪上度過的這段時光，無論是對我或其他學生來說，都將成為無法忘懷的一頁回憶吧。

要盡情享受游泳池也行；要大快朵頤豪華的餐點也行；或者跟重要的人在能夠將海洋一覽無遺的甲板上促膝長談也行。不過，這並不代表可以隨心所欲，肆無忌憚。必須在制定好的規則範圍內享受假期。

例如晚上十點以後，除非有特殊狀況，否則禁止離開自己的房間。

似乎比去年船內制定的規則變得嚴格不少。

在晚上突然身體不舒服等情形，可以適用於這種「特殊狀況」。屆時得前往二十四小時都受理病患的醫務室。

應該沒有學生會打破制定好的規則，但姑且還是設有相當嚴厲的罰則，因此不會有問題吧。

除此之外，不僅限於夜晚，學生被允許進入的樓層也有事先規定，因此並非只要是船內，就四處都能溜達。在允許走動的樓層內，也有禁止進入的區域。

那麼，就乖乖遵守道德規範，來享受為期一週的巡航之旅吧。

池與小宮

無人島特別考試結束，來到了隔天八月四日的早晨。從今天起到八月十日結束為止的七天期間，學生們會在豪華遊輪上度過假日。校方保證不會有任何類似去年施行的干支考試那種特別考試。

船內擁有各式各樣的娛樂設施，像是游泳池、健身房、電影院、音樂廳、瞭望大浴場以及購物區和露天咖啡廳等餐飲店。

換言之，也就是從今天開始，我們獲得了盡情享受這些設施的權利。

在這個眾人引頸期盼的假期第一天，要問我人在哪裡的話……

我正在分配給學生們的四人用客房裡一邊悠哉地放鬆休息，一邊拿著手機。

雖說已經邁入假日，但也沒必要急著玩樂。

反倒可以說這種捨棄所有娛樂，用來休息的時間也不壞。

跟宿舍那種躺起來硬邦邦的感觸截然不同，一流品牌的床鋪溫柔地包覆住身體。

何況不久前才經歷了殘酷的無人島帳篷生活，這種感觸更是讓人欲罷不能。

關於第一天的狀況就此打住吧。

把無人島考試的結果也計算進去後，八月的班級點數已經確定並公布了。

倘若是平常，會在換月後的一日公布，但這次月初正值無人島考試期間，因此是反映了特別考試的結果後才公布的不定期延後通知。

對於在籍學生而言，每個月初是從確認班級點數開始的。雖然自己的個人排名也是如此，但班級點數會直接關係到個人點數，也就是每個月發放下來的零用錢。

倘若沒有能自由使用的零用錢，在這艘豪華遊輪上度假也是白搭。

二年級生八月的班級點數

坂柳率領的Ａ班	一千兩百零六點
一之瀨率領的Ｂ班	五百七十八點
堀北率領的Ｃ班	五百七十一點
龍園率領的Ｄ班	五百五十一點

結果，我們班以些微差距停留在Ｃ班。

雖然也曾有可能一口氣升上Ｂ班，可惜還是差了一步的樣子。

但絲毫不需要感到悲觀，反倒可以認為這是最好的結果吧。

藉由高圓寺單獨拿下第一名獲得的班級點數三白點。

又重新體認到這個壓倒性的加分擁有多高的破壞力啊。

雖然迄今班上大多人一直強烈地認為高圓寺是個礙事者，但現在周圍也不得不改變那樣的看法。不過，這種看法能持續到何時，令人存疑就是了。

作為獲得了龐大班級點數的代價，高圓寺得到了今後到畢業為止可以完全「免於協助」這張卡牌。要是這件事實公開，能夠坦率地感到高興的人會減少吧。只不過，我認為這樣其實也不錯。

假如沒有高圓寺的三百點，就必須暫時與是否真的能追上前面班級的不安持續奮戰。不過，三個班級像這樣並列的話，在精神層面上也會成為很大的幫助。

接下來只要領先其他班級，單獨升上B班，在與坂柳班的直接對決中制勝，逐漸縮小差距即可——也能夠轉移到這樣的階段吧。

這種上升的趨勢，對掉到D班的龍園班也是一樣。

雖然因為在這次的無人島考試中沒能進入可以站上領獎台的前三名，導致班級點數稍微被拉開了，這個結果雖然無奈，但他們的實力無可挑剔。葛城的加入會提升班級整體的低落學力，且更進一步給班級帶來穩定感吧。而且龍園跟坂柳進行了某筆交易。雖然就現在這個時間點，難以推測他們的交易是跟個人點數相關、或是關係到班級點數，又或者根本不在我設想的範圍內，但在今後的戰鬥中，那說不定會成為帶來變化的因素。

縱然有不安因素，但那股氣勢豈止沒有衰退，反倒呈現今後也會越來越猛的氣勢，說是目前最可怕的班級也沒錯吧。他們只是在形式上掉落到Ｄ班。實際上應該對此毫不介意。

相對之下，再度升上Ｂ班的一之瀨班，只看結果的話，表面上還不壞。

一方面也因為有坂柳的領導，建立了合作關係的一之瀨獲得了班級點數。

但不能因此感到放心。從Ｂ班到Ｄ班的差距僅僅二十七點。

戰況已經進入了即使在沒有實施特別考試的期間只要出現些微的品行問題，都有可能導致九月一日時的班級排名互換。正因為原本根據無人島考試的結果，即使掉到Ｄ班也不奇怪，一之瀨抱持的不安想必相當強烈吧。不，她必須抱持著不安才行。接下來才總算是真正的關鍵時刻啊，一之瀨。

我在內心這麼鼓勵著她。

很難想像今後會連續進行類似無人島考試這種全年級競爭型的考試。

既然如此，下次的特別考試十之八九會是年級別的戰鬥。

要是輕易地落後Ｃ班或Ｄ班，一之瀨班的未來將一片黑暗。

換言之，下次的戰鬥也可能會決定將來的前途……

並駕齊驅的三個班級，簡單來說就是這種狀況吧。

最後是依舊不會輕易讓人縮短差距，由坂柳率領的Ａ班。他們的穩定感超群，這次的無人島考試也是踏實地拿下第三名，逐步累積班級點數。

還有許多個別表現優秀的學生，控制他們的坂柳，實力也無可挑剔。

而且坂柳採取的戰略不問王道或邪道。還能靈活地將雙方運用自如。

Ａ班確實穩如泰山，可以說她的活躍與其領袖的身分十分相稱吧。

雖然乍看之下沒有像是破綻的破綻，但只要接下來「堀北班」增長氣勢，要追上他們也絕非不可能。沒錯，他們並非無懈可擊。

當然，為此有必要以某種形式弄垮一直遙遙領先的Ａ班。

讓坂柳退場是最快的捷徑，但要排除擁有保護點數的坂柳極為困難，不僅如此，假設沒有保護點數好了，她也不是能輕易撂倒的對象。

與其擊潰頭腦，不如擊潰擔任手腳的棋子，可以說是比較聰明的做法吧。

不只一、兩個人，能排除越多人越好。

假如神室、橋本、鬼頭這些人不在，或是陷入無法發揮作用的狀況，光是這樣，坂柳能辦到的事情就會受限。雖然關於鬼頭還有很多不明瞭的地方，但前面兩人應該也是抱有各種問題的人物。

那麼——針對其他班級的分析暫且就此打住吧。

因為進入了正式的暑假，全年級都暫時停止爭鬥，處於休戰狀態。

接下來暫時是讓我們像個學生一樣盡情享受假期的回合。雖然到前幾天為止還是阮囊羞澀，但在班級點數公布的同時，八月的個人點數也跟著發放下來，因此一下子變得腰纏萬貫。我們班有五百七十一點班級點數，換言之就是每個人都會領到相當於五萬七千一百圓的個人點數。因為在特別考試中沒能進入可以獲得追加報酬的前幾名，所以沒有額外的獎勵，但儘管如此，也是很充分的金額。要在這艘豪華遊輪上度過充實的時光，個人點數的存在是不可或缺的。因為無論是要觀賞電影，或是享受喜歡的美食，都需要花費個人點數。正因為去年可以免費利用所有船內設施，金錢方面的規則也變得十分嚴格。當然，如果是身無分文地在客房裡度過一星期的繭居生活，就不會花到一毛錢，但那樣跟假日窩在宿舍裡沒什麼兩樣。

叮咚——清脆的鈴聲簡短地響起，收到了一封郵件。

歸還回來的手機收到了聯絡，僅限從今天起的兩天期間，會在船內健身房旁邊的休息區公開無人島特別考試的詳細結果。因為之前只有公布前幾名跟倒數幾名那幾組，所以許多學生都很關心這個消息吧。

就我的立場來說，為了著眼於今後的發展，也想記得先確認清楚。

只不過，明明把一覽表傳送到手機比較省事，校方卻沒有這麼做，表示他們不希望把考試結果讓學生帶回去進行長時間分析嗎？因為這次還有月城在檯面下暗中活躍，也能推測這是為了避免留下多餘證據的措施。

雖然多少也有想立刻衝去看的心情，但現在可能有學生大舉蜂擁而上，或許等過一陣子再去比較妥當吧。

我決定暫且忘記考試結果這件事，先處理其他事情。我用手機傳送訊息給一之瀨。內容很簡單，是詢問她三天後的傍晚能不能稍微撥出時間見個面。當然，她也能輕易想像到這是為了對我在無人島收到的突發性告白做出回應的邀約吧。

雖然也想過立刻見面做出回應，但殘酷的無人島考試才剛結束而已。應該可以先挪出一段時間恢復體力，然後跟感情好的朋友一起悠閒地度過。

她好像還沒有已讀，總之我先關掉手機的畫面。

我決定先觀察一下跟我同房間的宮本蒼士、本堂遼太郎、三宅明人這三人會怎麼做。

「欸，遼太郎，聽說考試結果公布了耶。要不要去看看？」

「嗯……Pass。我遍體鱗傷，走不動啦。我現在只想委身於床鋪……」

不只是疲勞，會被這張床奪走行動的氣力也是難怪。

包括我在內的所有人都深陷被窩的誘惑。

尤其疲憊不堪的本堂，虛弱地朝左邊躺臥，背對著我。

「你從昨天開始就一直是這樣呢。」

「因為在最後一天拚死地行動啊，其實也很想吃飯，但實在沒胃口。」

他就那樣背對著我，用棉被連頭都蓋住，蜷縮成一團。

總之他現在只想躺下來好好睡一覺的樣子。

豪華遊輪之旅會持續一星期。根本不用急於一時，先等體力恢復是很聰明的判斷啊。

「三宅和綾小路要怎麼做？你們不會有點在意排名嗎？」

明人一邊滑著手機，同時只將視線移向宮本。

「我就算了。畢竟自己這組第幾名，我心裡大概有數。老實說，我認為現在只要能避免退學就足夠了。我跟本堂一樣，今天一整天想好好放鬆休息。」

跟波瑠加與愛里兩人一起行動的明人，不難想像他身為唯一一個男生，為了輔助她們，應該在很多方面辛苦操勞吧。比起體力，更疲憊不堪的是精神層面吧。

「話說你跟佐倉與長谷部是同一組對吧？」

宮本就那樣坐在床上，詢問明人這種事情。

「怎麼突然講這個啊？」

「哪像我是三個臭男人一組，只有充斥汗臭味的時光，根本地獄；你那邊可是被女生包圍，應該是天堂吧？」

「什麼天堂啊。要讓我說的話，有太多要顧慮的事情，簡直是地獄耶。一堆臭男人絕對比較輕鬆愉快。」

因為他們的小組構成不同，兩人各自互相主張起天堂與地獄。

就我聽見的內容，老實說我很慶幸沒有加入任何一邊的小組。

那種類型的考試除非是感情很好的朋友一起組隊，否則單獨一人會比較好吧。

總之，因為兩人都拒絕了，宮本的視線也看向這邊。

跟本堂和明人不同，我已經藉由在床上好好睡了一覺，恢復了不少在無人島耗掉的體力。雖然不能說是萬全，但也不影響我在船內四處走動。

只不過，縱然不急於一時，之後也能確認考試結果。而且就算明人沒有去看，應該也會有其他綾小路組的成員代替他去看。

「我今天也想放鬆休息。大家應該都很在意排名吧，我不喜歡人擠——」

咚咚咚！

我正準備跟前面兩人一樣回絕的時候，客房的門被敲了好幾下。

那股氣勢彷彿發生了什麼異常事態一般，力道非比尋常。

從床上跳起來的明人急忙打開房門，只見從門後現身的是石崎。

好像要飄散出發生什麼大事的緊迫氣氛，不過……

「綾小路！一起去看考試結果吧！」

讓人一下子沒了幹勁的笑容與話語的內容，眾人都目瞪口呆。

轉過頭的明人儘管傻眼到發不出聲音，仍看向我這邊。

「不，我就……」

「怎樣啦，反正你閒著沒事吧？好啦，我們走吧？」

他不客氣地走進房間裡，對著坐在床上的我，強硬地抓住我的手臂。

「你們什麼時候變這麼要好啦？」

對這個狀況最大吃一驚的，是平常就跟我長時間相處的明人。一方面也因為敵班的石崎是個問題人物，這也難怪明人會表露出警戒心。

實際上，其他兩人也因為石崎的登場不知所措，現在也有些僵硬。

「嗯，順其自然就變這樣了。」

雖然我也沒有比這更好的回答，但以明人的立場來說，這也不是他能接受的答覆吧。

石崎的笑容有種強勢的壓迫感，讓我有些退避三舍，決定要開口拒絕。

「我今天有點疲憊。」

「疲憊什麼啊。如果是你一定沒事啦。好啦，我們走吧？」

他完全沒察覺到這邊的心情，是打算強硬地拉我出去嗎？看來沒有要放棄的樣子。

「……我知道了。總之先讓我換個衣服吧。」
「好，那我在走廊等你喔！」
我回答要去，讓他可以接受了嗎？石崎離開房間，到客房外面。
「你也真是被麻煩人物給盯上了啊。要是有什麼傷腦筋的事情，記得跟我說喔？」
「謝謝你，明人。不過，石崎也不是壞人，沒問題的。」
「不是壞人嗎？畢竟我對他沒什麼好印象啊。也有可能是龍園在暗地裡牽線。還是小心為上喔。」
我們至今跟龍園率領的不良少年們反覆上演過數次衝突。從不曉得對方班級內情的一方來看，會這麼認為是很自然的。
石崎這個人不是能隱瞞壞事或勾心鬥角的人。不過，若他是在不知情的狀況下被人暗地裡操控，就會變成棘手的存在。話雖如此，現在也不是特別考試期間，可以斷言不會是那種狀況吧。
我換上制服後，稍微舉起手向明人打個招呼，離開了客房。
在走廊等候的似乎只有石崎，沒看見其他學生的身影。
「好，我們走吧～」
「應該沒必要那麼急著確認吧？」
「咦？為什麼啊。」

「用不著慌張，考試結果也會公開兩天啊，之後也能確認的吧？」

「但還是想早點看到嘛。畢竟我是那種有新電影上映也會無法忍耐，馬上就跑去看的人。」

就算他說明他就是那種人，我也不可能明白。

在上映日意氣風發地前往電影院的石崎，有一點難以想像啊。

「前陣子也是，《稱霸世界十六》上映那天，我就跑去看啦。」

雖然是首次聽說的片名，但感覺就是充斥槍林彈雨、拳腳交錯的片名。而且居然是系列作第十六部，還真是超長篇大作。只不過，片名絲毫勾不起我的興趣，這是為什麼呢？

「龍園同學的小組是第幾名讓人很在意啊。」

話說回來，石崎這個學生在班上應該也不是沒什麼朋友的人。

應該用不著特地邀請別班的我吧。

「你不邀請在意那個排名的龍園或其他人一起去看，沒關係嗎？」

為了試探他真正的用意，我若無其事地這麼詢問。

「因為那個人會在必要的時候向我搭話嘛。既然他現在沒找我，就表示沒那個必要吧。」

「真是簡單易懂啊。」

「對吧？至於其他人好像因為無人島累積了不少疲勞，很多人都說先不用了。」

也就是說很多學生像明人他們一樣，現在只想好好休息。

「石崎還真有精神啊。你不會累嗎？」

「我？我睡一覺就恢復了。」

「這樣啊。」

雖然是意外簡單的回答，但十分好懂。雖然運動神經並沒有特別厲害，但恢復力比其他人優異也說不定。只不過，因為這樣在消去法之後，來搭話的對象是我這點，好像可以理解，又好像無法認同。

「因為綾小路你很容易搭話啊。」

「……是這樣嗎？」

我絕對不是什麼擅長交際的個性，因此他這番話讓我有點意外。

「你比怪人金田要容易搭話太多啦。」

雖然我對金田不熟，但身為被比較的對象，我莫名地感到複雜。

途中經過小賣店前面時——

「唔喔，有賣國旗耶！」

雙眼閃閃發亮的石崎拿起小賣店裡的世界國旗，興奮不已。這究竟是怎麼回事呢？正當我感到不可思議地看著他時，石崎邊用食指揉了揉鼻子下方，邊開口回答：

「哎呀，之前去阿爾伯特的房間時，他不是收藏了很多國旗嗎？好像是被那個影響，我也開始收集起這些啦。」

意思是一個人的興趣也對其他人造成影響，然後蔓延開來了嗎？

換句話說他們有了共通點，就是現今感覺有點罕見的收集國旗這種興趣。

「雖然我對阿爾伯特不是很熟，但他是個好人啊。」

「是啊。你說得對。雖然剛入學沒多久時也發生過很多衝突，但現在可以說是所謂的摯友啦。」

確實比較常看到石崎跟阿爾伯特待在一起。

「這表示你在朋友關係方面是一帆風順嗎？」

我坦率地感到佩服，這麼說了出口，但走在旁邊的石崎表情卻略微僵硬起來。

「倒也不是那樣。畢竟我在班上也不是什麼大紅人。」

「因為你甘願當龍園的小弟嗎？」

「那應該算不上理由吧，畢竟剛入學沒多久就變成那種情況了。但是，在屋頂跟綾小路對決後，變成是我打倒龍園同學，收復了班級嘛。跟到目前為止沒什麼交流的傢伙一起玩的機會也變多就是了。」

他說到這邊，忽然詞窮起來。

的確，石崎的立場或許很複雜。

有不少學生希望他能幫忙打倒龍園，十分感謝石崎。

然而他卻再次向龍園投降，這樣難免會招致反感。

「這表示我也是原因之一啊。」

「啊，抱歉，我這樣說不太好。綾小路沒有任何責任啦。畢竟那本來就是我們設計好的爭執。雖然的確有不少朋友離我而去，但相對地跟你成了好朋友，所以我沒放在心上。」

石崎面向這邊，堅定地笑了。

但他的笑容看來有些脆弱，讓人感到不安。

「不要想一個人解決班級的問題啊。」

「我知道啦。班級的問題我會跟班上的人一起解決。龍園同學也是抱持著這種覺悟回歸的。」

也就是說石崎相信這點，會盡全力跟隨龍園。

1

「唔喔，人還真多啊。」

不出所料，在公布考試結果的健身房附近的休息區擠滿了一堆學生。設置在那裡的顯示器旁邊大大貼著一張「嚴禁攝影」的告示，同時還有推測是跟月城相關的兩名大人嚴格地監視著學生們這邊。

顯示器裡的一覽表顯示出排名與得分，似乎會自動往下滑的樣子。

目前正顯示著第五十名到第六十名的小組成員與得分。

「嗯……？」

突然從全身感受到一種不可思議的不協調感。

怎麼回事？

我無法立刻明白原因，感受到一種難以言喻的噁心感。

「本來想仔細確認結果的，但這樣感覺根本無法集中精神啊。」

石崎並沒有感受到那種不協調感嗎？他看著顯示器，一臉嫌棄似的嘟噥。

「這也沒辦法。畢竟有很多人都想知道無人島考試的詳細結果吧。」

石崎看似不滿地咂了聲嘴，無奈地從原地凝視結果。

雖然他是個性格大膽的人，但看來他也不敢隨便推開學長學姊硬要上前。

傷腦筋的是，雖然顯示器會自動捲動畫面，但似乎也能用手觸控來固定畫面或確認想知道的排名，一個三年級生伸手開始進行操作。

因此看樣子是無法立刻確認石崎想知道的前幾名的結果。

「怎麼辦？」

就算照這樣等上一陣子，也要很後面才會輪到我們吧。

「雖然在意，但還是別勉強啦。反正之後也能確認嘛。」

那是我幾分鐘前才說過的話……不過算啦，既然他本人可以理解就好。

「話說回來，你沒注意到什麼嗎？」

「咦？你是指什麼啊。」

打算折返回頭的石崎似乎什麼也沒注意到的樣子。

這種異樣的氣氛。

盯著這邊看的視線數量。

那不是能用單純的錯覺來帶過的狀況。

應該不是因為一旁的石崎比較遲鈍，才沒有注意到吧。

因為那並非針對石崎或其他學生，而是只瞄準我一個人的視線。

很明顯地沒有要隱瞞的意思，監視著這邊的一舉手一投足。

盯著這邊看的學生有個共通點，就是全都是三年級生。

雖然還不曉得詳情，但唯一可以肯定的是這件事跟南雲有關。

在無人島考試中決定之後再處理的那件事，今天開始行動嗎？

「怎麼了？」

看來我似乎沉思許久，甚至讓石崎感到擔心了。

「不，沒什麼。好像有其他學生也陸續過來看了，我們回頭吧。」

「好，說得也是。」

雖然曾想像過他遲早會採取什麼行動，但這情況有些棘手啊。

如果是南雲直接找上門來，對我設下什麼圈套的話，反倒要輕鬆多了。

他從第一步就搬出這邊很不想碰到的狀況。

「欸，你還沒吃午餐對吧？我們一起吃吧。」

「咦？噢，我是還沒吃啦……」

三年級生看來沒有要追蹤邁步離開現場的我。

他們好像只打算用視線盯著我而已。

被人糾纏不休地注視，感覺實在很不舒服。

「你怎麼回得不乾不脆啊。你不想跟我吃飯嗎？真是沒禮貌的傢伙。」

「不是那樣。我只是想了一下沒什麼關係的事情。」

我原本在想不能隨便波及到石崎，但既然他們不會尾隨過來，應該不要緊吧。

「在想沒關係的事情也很失禮吧。」

他說得確實沒錯。現在先暫且忘掉三年級生的事情吧。

「找我就好了嗎？」

「哪有什麼好不好的，不過是一起吃飯吧？」

雖然不能否認有種強勢的壓迫感，但我也絕非感到不快。

只是對於石崎把我當成一個朋友看待的部分還感到有些困惑而已。

「我之前可能也說過，我並不是因為想把你挖角到我們班，才像這樣邀請你的喔？而是因為身為朋友，我很欣賞你的關係喔？」

石崎毫不猶豫地說出了就某種意義而言感覺很肉麻的台詞。

但那之後他像是注意到什麼似的，猛然轉過頭來。

「……該不會讓你很困擾？」

「沒那回事。」

「我想也是！」

石崎有一瞬間似乎在懷疑自己的行動是否很任性，但他立刻露出若無其事的表情笑了。哎，我早就知道他是這種個性的人了。

因為我絕非感到不快，所以就跟著石崎走吧。

正當我們兩人離開現場，開始移動時，從後面傳來小跑步奔向這邊的腳步聲。

「綾小路學長！」

腳步聲的主人是在無人島考試前半一直跟我一同行動的七瀨。

「學長也來看考試結果呢。」

「是啊。說是這麼說，但感覺沒辦法慢慢看，所以我放棄了。」

「原來是這樣嗎。畢竟現在是所有三年級生在操作顯示器，我們這些學弟妹看來要再等一下才能自由地瀏覽呢。」

看來七瀨似乎也想知道各種結果的詳情，但她打消了這個念頭的樣子啊。

石崎一臉不可思議地看著我們的交流。

這麼說來，石崎好像沒跟七瀨直接見過面？

「喂、喂，綾小路。你什麼時候認識了這麼可愛的女生啊？」

「一言難盡啦。」

要從頭說明非常麻煩，因此我告訴他這個結論。

「喂，你該不會跟學妹在交往……你不會這麼說吧？」

「你跳躍過頭了吧，我們單純是學長與學妹的關係。」

我難得地被吐槽這方面的事情。

我原本以為石崎對異性問題沒有太大的興趣，但似乎也並非如此。

「妳找我有什麼事嗎？」

「沒有，只是看到學長的身影，就忍不住想搭話。」

她率直的眼眸閃閃發亮，毫不迷惘地說出讓人感覺有些難為情的話。

「打擾學長了。我先告辭了！」

才心想她小跑步地靠近了這邊，結果她又小跑步地前往某處。雖然我覺得船內跟走廊一樣是不該奔跑的場所，但她勉強算是沒超速嗎？

「是個可愛的女生呢。還有那個也挺那個的啊。」

雖然不好意思，但容我無視「那個」的部分吧。

「你們真的沒在交往吧？」

「沒有，我們沒在交往。」

要是產生奇怪的誤會，被加油添醋地傳開也很困擾。

為此，我再一次堅定地提醒石崎，先否定了這件事。

2

跟石崎吃完飯後，我回到自己的房間，只見池站在我的房間前面。

他忐忑不安地看著手機，但在抬起頭環顧左右時，與我四目交接。

「噢，綾小路！太好了，我一直在等你啊！」

池在等我？這還真是出乎意料。

「其實我打算接下來要去探望小宮，想問你要不要一起去。」

「我也一起？」

池靠近我身邊後，要我把耳朵借他一下，因此我試著聽他怎麼說。

「該怎麼講呢……？總覺得要一個人去見他有點尷尬。」

「為什麼？」

「你問為什麼……那個啊。我……跟篠原交往了。在考試結束後回到船上的途中，有一段兩人獨處的時間，我在那時——」

他好像是在那時告白，然後篠原也接受了。

雖然我一直覺得說不定會有進展，但這個發展超乎了我的預想。

「這樣啊，恭喜你。」

我坦率地表示祝福，於是池感到害臊似的移開視線。

「謝、謝啦。但是……從小宮的角度來看，我也覺得自己好像做了很狡猾的事。」

「我覺得沒那回事吧。」

「不，該說這樣不公平嗎……畢竟感覺很像偷跑。」

的確，小宮因為受傷，很早就退出無人島考試了。

雖然不是不能用偷跑來形容，但無論是誰都能這麼說。

畢竟小宮原本好像也打算在這場無人島考試中向篠原告白嘛。

「其實我本來打算等小宮的傷勢痊癒才告白喔？可是，在我因為無人島考試結束而鬆了一口氣時，篠原那傢伙剛好在身旁……結果突然就湧現出一種不想把她交給小宮的心情……」

因為這樣，池似乎忍不住就告白了。

當然也有被甩的風險。若是被甩掉，也能想像等小宮跟篠原湊成一對後，未來會變得更加尷尬吧。

「所以我覺得必須好好地跟小宮報告這件事才行。如果那傢伙本來也打算跟篠原告白，情況會變得很複雜吧？」

「如果不先採取對策，到時篠原說她還是決定跟小宮交往的話，就麻煩了嘛。」

「唔……！你、你怎麼知道……？」

池誇張地將身體後仰，感到動搖。

應該是想先報告一聲的心情占一半，另一半的目的則是阻止對方告白吧。

「你應該有至少會被揍一拳的覺悟吧？」

「咦咦！我會挨揍嗎？」

「喜歡的人被從旁搶走的話，想揍對方一拳很正常吧？」

「……唔咕。」

是想像後感到害怕了嗎？池露出畏懼的模樣。

雖然小宮也絕非體格魁梧的人，但他籃球可不是打好玩的。

另一方面，池以男生來說個頭算小的，可以視作兩人有充分的體格差距吧。

「不過，他現在腳受傷，所以沒辦法站穩。應該不會有多痛才對。」

「不、不是那種問題吧……但我、我會做好覺悟。」

他的決心似乎還挺堅定的，既然這樣，以我的立場來說也沒有理由反對。

畢竟我也很在意小宮的狀況，這碰巧是個好機會吧。

「小宮那傢伙好像還暫住在醫務室的樣子。」

「畢竟住在客房的話，會有很多不方便的地方吧。」
就算他假日的大半時間都在醫務室度過，也沒什麼好奇怪的。
我跟池兩人抵達醫務室前。池深呼吸了一下，讓心情平靜下來。
催促他也不是辦法，因此我乖乖地等著，這時從裡面響起了宏亮的笑聲。
「怎、怎麼回事？進去看看吧。」
池因為出乎意料的笑聲大吃一驚，草草做好心理準備後，開門進入醫務室。可以看到床上的小宮抬起上半身，還有包括龍園在內的幾名同班同學在他周圍。
是阿爾伯特、金田、近藤、山脇這四人。
因為有同班以外的人現身，龍園看也不看我們一眼地站了起來。
「打擾你啦，小宮。」
彷彿想說的話已經講完了一樣，龍園帶著同伴離開醫務室。
我稍微看了下龍園，但他並沒有特別看向我這邊。
「龍園還是一樣恐怖耶……話說他來這裡有什麼事啊？」
另一方面，池似乎無法直視龍園，他略微低頭，這麼嘟噥。
聽見這番話的小宮像是要表示理解一般，邊點頭邊回答：
「哎，他的確很有魄力啊。別看他那樣，他姑且也是來探望我的喔。」

小宮這麼說，擺在床頭附近的小桌子上可以看到推測是慰勞品的零食和飲料等等。

「探、探望啊……雖然他感覺像是不會做那種事的傢伙。」

池老實地說出感想，小宮也表示同意。

「如果是去年的這個時候，或許無法想像吧。」

小宮回想著一年前，同時因為感到懷念而綻放笑容。

「但龍園同學好像有稍微改變了。要說他變圓滑了……雖然也不對啦。」

儘管感到有些困惑，小宮仍看似開心地這麼說道。

畢竟龍園入學沒多久就掌握了班級，無論對誰都會毫不留情地利用完就丟掉嘛。就算大多同班同學在內心對他抱持著強烈的排斥反應也不奇怪。

「如果是現在的他，我覺得自己能坦率地跟隨。」

「跟隨龍園？……我不懂欸。」

感覺就算問了也完全無法理解的樣子，池誇張地顫抖著身體。

「話說池跟綾小路你們也別站著，坐下來吧。」

小宮溫柔地歡迎別班的我們進入，要我們不用客氣地坐下。

我們恭敬不如從命，兩人一起坐到椅子上。

「你看來很有精神啊。」

我一邊看著小宮被固定的腳，一邊確認他的狀態。

「就如你們所見，除了腳以外都活蹦亂跳啦。但一想到人家都在門的另一頭玩樂，就覺得很不甘心，也希望能早點痊癒。」

「你什麼時候才能外出走動啊？」

「目前正在請求允許我拄拐杖外出走動。」

雖然是情敵，但只靠他們兩人也意外地聊得起來。

我的存在是否有一點多餘呢？

「只不過……我有一點擔心呢。」

「擔心？擔心什麼啊。」

池將椅子反著坐，他把手臂放在椅背上，這麼詢問小宮。

「呃，龍園同學好像打算查明是誰把我推下去的。他問了很多，想知道我有沒有記得什麼線索。但就像我跟綾小路說過的一樣，我根本沒有遭到襲擊的記憶啊。」

看來也不是從那時開始就在記憶方面產生歧異。

目前龍園班的氣勢正日益增長。正值應該集中在二年級生的戰鬥上，以A班為目標的時期。

當然，這點我們班也是一樣，但這次事件實在不應該深入追究。

假如天澤或其他White Room學生——也就是跟月城相關的人參與其中，縱然是龍園，也沒人能保證他不會出事。

「希望龍園同學不會做得太過火。」

「他感覺就會把犯人打到半死呢。」

就他們兩人的角度來看，不可能會去想像龍園被打敗的光景。

反倒會擔心起犯人是很自然的想法。

「然後呢？你應該不是單純來探望而已吧？」

小宮似乎察覺到了什麼，他主動開口這麼詢問池。

那一瞬間，池大吃一驚似的全身僵硬住。

「啊——呃……那個……」

池還沒做好心理準備嗎？只見他頓時語塞。

是因為看到他這副模樣嗎？小宮沒有催促，用認真的表情等待他的話語。

所謂的現場氣氛，在一瞬間明顯地改變是常有的事。

直到剛才為止那種鬆懈的模樣已經不留絲毫痕跡。

「……我……該怎麼說呢……所以說……」

原本健談的池安靜下來，他變得無法順利發出話語。

「池。雖然不知道你要說什麼，但如果是重要的事，就看著我的眼睛說吧。」

他應該是察覺到池試圖說出口的內容了吧。

儘管如此，小宮仍裝作不知情的模樣，同時只是催促池說清楚講明白。

雖然很難想像池有注意到小宮已經察覺，但同樣身為男人，應該有感受到什麼吧。

池似乎感覺到這不是該用優柔寡斷的態度報告的事。

他拍了拍自己的雙頰，強制讓自己清醒過來。

「我跟篠原告白了！」

雖然很單純，但做好覺悟的池大聲地這麼傳達。

隨後陷入一片鴉雀無聲的靜寂。

可以知道池在旁邊緊張地嚥下了口水。

「然後呢？皐月怎麼回答？」

「她正式接受了我的告白。我們交往了。」

「這樣啊……」

小宮簡短地這麼回答，池沒有移開視線，一直注視著小宮的臉。剛才也提到過，就算小宮抱怨池用這種偷跑的方式告白，也是無可奈何的。

小宮搞不好會冷不防地揮出一拳——池似乎是這麼想的。

「你以為我會揍你嗎？」

「咦？」

「你臉上寫著可能會挨揍喔。」

「沒、沒那回事……哎，是有一點。」

「這樣啊，那你應該有所覺悟吧。我現在沒辦法動，所以你自己過來這邊吧。」

小宮要求池主動靠近，從小宮的表情無法看出他真正的意圖。

但那股魄力似乎讓池做好了覺悟。

儘管感到畏懼，他仍站到小宮旁邊。

隨後，小宮伸出右手，抓住了池的肩膀。

「唔！」

小宮盡最大可能抬起疼痛的身體，窺探著池的眼睛。

「你敢讓皐月哭泣的話，我可饒不了你啊。」

他輕輕將左拳咚一聲地按在池的胸口附近，這麼說道。

「小、小宮……？」

小宮凶狠懾人的表情轉變成笑容。

「怎麼，別擺出那種喪氣的表情啦。皐月選擇了你，就只是這樣而已吧？」

「但是……假如你沒受傷，說不定情況就相反了……」

「不好意思，但我不那麼認為。皐月從之前就很在意你了。所以才會老實地接受你的告白。我不覺得是被你先搶先贏。只不過……」

「只不過？」

「假如你一直逃避，不去面對皐月的話，說不定我也有機會啊。」

小宮說得沒錯。我認為告白的先後順序並不是多重要的事情。

發生小宮受重傷的意外事故，因為池碰巧在附近而產生一段緣分，這推動池邁出一大步，讓他能夠面對篠原。

毫無疑問地，這成了他們會交往的最大因素吧。

假如小宮沒有受傷、假如池那時不在旁邊——只要有其中一方步上不同的命運，篠原身旁的人說不定就換成了小宮。

「就這層意義來說，這次受傷實在很不走運啊。」

雖然戀情未能開花結果，小宮看來卻十分開朗樂觀的樣子。

「謝謝你啊，小宮。」

「你要認真念書啊？皐月……不，篠原一直很擔心你的成績喔。」

「……說得也是。畢竟不能被退學嘛。」

這次的戀愛騷動，對池而言或許會變成極為重要的轉捩點。就像須藤一樣，他獲得為了自己，為了喜歡的人奮鬥的機會。

在傾聽池的報告後，他跟小宮的交談暫且告一段落。

「不好意思，池，可以讓我跟綾小路兩人單獨聊聊嗎？關於我受傷的事情，我有些事想先確認一下。」

「我知道了，回頭見，小宮。綾小路也是。」

池向我們道別，老實地離開房間。

剩下我們兩人之後，小宮開口說道：

「抱歉啊。應該是池向你求救，你才會被帶過來的吧？」

「不，畢竟我也很在意小宮你的情況。反倒像是我打擾了你們。」

「沒那回事啦。應該說……我實在是搞不懂啊。」

「嗯？」

「我跟你們不同班，明明是競爭對手，現在卻變得能普通地交談。應該說那種敵對意識變淡了嗎？明明去年還挺劍拔弩張的呢。」

原本班級不同的話，對方就是要打倒的對手，必須踢除掉的對手。

扣除戰略需要，融洽相處的好處絕對不多。

「畢竟無人島考試是年級別的競爭，而且都在同一所學校待了很長一段時間嘛，會變這樣很

正常吧？」

「嗯，或許吧。」

「然後呢？你說關於受傷的事情是指？」

這些話很明顯是進入主題前的閒聊，之後應該才是正題。

「我剛才有稍微提到，是關於龍園同學的事。」

「你說他好像要找出犯人啊。」

「我反對他那麼做。老實說，我甚至想把這次事情當成是由於自己失誤導致的事故。」

「但是，篠原實際上有看到襲擊你的傢伙存在。」

「我知道。但該說有種不祥的預感嗎？我總覺得不會有好結果。」

說不定正因為遭到了襲擊，他切身感受到了危險的東西。

「只是一點點也好，可以請綾小路你留意一下這件事嗎？」

「我實在不覺得自己能辦到什麼就是了。」

「我不會要你直接設法做些什麼。假如情勢變得不對勁，麻煩你告訴我。」

小宮用堅定的眼神這麼拜託我。

我們正式交換聯絡方式，以便能夠隨時保持聯絡。

「好，總之小宮你最好還是先專心療傷，盡早痊癒。」

畢竟好好靜養是通往痊癒的唯一捷徑嘛。

「謝謝你啊。對了，方便的話，下次讓我請客道謝吧。也找其他幫了我的傢伙一起。」

「他們聽到這件事一定會很高興。池說不定會找篠原陪同呢。」

「饒了我吧。要是被他們兩人秀恩愛，感覺我會哭出來啊。」

雖然小宮露出苦笑，但他比外表還要傷心許多。

隨便加了一句揶揄他的話，實在是多此一舉啊。

總之，雖然不能說因禍得福，但感覺我跟小宮的距離也稍微縮短了。

「回頭見，綾小路。」

「好。」

我向他道別，離開醫務室後，忽然陷入一種不可思議的心情。

同班同學的須藤和池，還有別班的石崎和小宮。

雖然步調緩慢，但自己的周圍也開始增加能稱為朋友的存在。

雖然並不是為了交朋友在採取行動，但以結果來說交到了朋友。

「交朋友的方法不是能刊登在課本上的東西啊。」

我非常認真地想了這樣的事情。

短暫的假期揭開序幕

無人島生活對許多學生而言，每一天都感覺十分漫長吧。

相對之下，在豪華遊輪上度過的一天，就宛如閃光一般轉瞬即逝。

同樣是二十四小時，為什麼時間的流動會相差這麼大呢？

最大的要素在於一天的大半部分很少會去思考關於時間的問題。在平常的校園生活和特別考試中，經常會去思考關於時間的問題。另一方面，休假日則大多不會去思考關於時間的問題，因此就會出現明顯的差異。

在這種祭典狀態下的假期第二天。

是因為許多學生總算消除疲勞，開始正式地享受休假嗎？就算只是船內的一條通道，擦肩而過的學生數量也一口氣變多了。然後經常一個人靜悄悄度過的我，也收到了出乎意料的人物邀我一起玩的郵件。

是三年B班的桐山副會長寄來的。他約我到游泳池見面，難道他的目的是跟我一起坐在泳圈上優雅地談天說笑，或是打個沙灘排球，加深彼此的感情嗎？

我在一瞬間將這種根本算不上預想的預想趕出腦海。

雖然他找我碰面的地點是游泳池，但實際上應該跟玩樂相差甚遠。

當然我可以拒絕。或是選擇無視。只不過無論如何，他都會另找機會約我。根據情況不同，也有可能被叫到比現在更令人討厭的地方。

我平淡地寄出ＹＥＳ的回覆，跟他約好會在指定的時間前往。因為我判斷在單獨被叫出去的現在赴約，之後受到的傷害應該會比較小。

而且很有可能可以解開昨天感受到的三年級生針對我糾纏不休的視線之謎。

「桐山嗎……」

我目前的所在地點是健身房旁邊的休息區。

我正在公布著特別考試結果的顯示器前面。

大多數學生已經確認完考試結果了嗎？現在只有我一個人。

監視考試結果的教師也減少到剩下一個人。

雖然考試結果大致都記在腦海中了，但我再一次滑動畫面，讓前幾名的成績顯示出來，然後注目桐山組的結果。

綜合排名第一名的是單打獨鬥的高圓寺六助、第二名是南雲組、第三名則是坂柳組，到這邊為止的結果是在所有學生面前發表過的內容，然後第四名則是桐山組，得分是兩百五十五分，僅

僅相差六分。換言之，這表示坂柳在最後反超，搶走了前三名的地位。

第三名與第四名的差別，不僅止於單純的排名差異而已。

「以三年級生的立場來說，當然會感到懊悔呢。」

南雲錯失第一名，桐山錯失前三名。

不僅如此，還附帶遭到退學的全是三年級生這種異常事態。

距離約定的時間還有二十分鐘左右，因此我決定先到泳池邊露面。一方面也是為了證實視線並非單純是我自我意識過剩，而是有什麼策略在進行。

已經用不著慢慢觀察或洞察，答案很快就弄清楚了。

從我到游泳池露面後，不到幾十秒的時間，逗留在各個角落的不特定多數三年級生們，都將視線轉向我身上。

無論是原本聊到忘我的學生，還是原本在游泳的三年級生們，一注意到我的存在，就開始緊盯著我，進行觀察。

這表示我昨天感受到的視線並非單純的偶然。

「就算要證明，這也太快了吧。」

有種強烈的不協調感讓人甚至想反過來這麼發牢騷。

照理說我只是作為一個沒有存在感的學生待在現場，卻比任何人都引人注目。

既使試圖什麼都不去想，還是會忍不住在暗地裡自然地刺探對方真正的意圖。

十之八九是南雲發出的指示吧，但就目前來說，完全不清楚是怎樣的內容。在許多學生露骨地盯著我看的狀況下，我刻意繼續假裝什麼也沒注意到的樣子。

因為扮演一個愚昧又遲鈍的人比較輕鬆。不過，能夠輕易想像到南雲早就設想到我會察覺這些異樣的視線。就算他是在這個前提下，以觀察被眾人矚目的我為樂，也一點都不奇怪就是了。

總之，現在貫徹完全沒注意到視線的態度，撐過這段時間是上上策。

我稍微環顧游泳池，想看看除了三年級生以外還有誰來，於是看到了一之瀨以及幾名她的同班同學。碰巧只有一之瀨最先注意到我的存在，我們四目交接。

她抽動了一下肩膀後，像要逃走似的躲到其他同班同學的背後。她突然冒出的奇怪舉動讓同班同學關心地詢問她怎麼了。

畢竟之前才在無人島考試中被一之瀨告白嘛。

也難怪她會像這樣只是在遠距離對上視線，就感到尷尬起來。

如果只有一之瀨也就罷了，但她的同班同學也在場，所以現在還是先保持距離吧。

畢竟就算放著不管，我們也約好了後天傍晚要見面嘛。

也零星地看到跟我同班的同學身影，但遺憾的是沒有發現跟我感情比較好的學生。

「事情好像開始變得挺麻煩了呢，綾小路。」

有人從稍微斜前方向我搭話，我將視線移向那邊，於是看見鬼龍院躺在池畔走道的沙灘椅上休息的身影。

「妳是指什麼事呢？」

「就是三年級生們的事。你應該不會沒注意到吧？」

「我不是很懂妳的意思呢。」

我試著裝傻，但鬼龍院甚至沒有嗤之以鼻，只是平淡地接著說道：

「雖說我沒有參與，但我也是三年級生。只有情報已經傳入耳裡。」

「該不會是指那些盯著我看的視線吧？」

「你這不是知道嗎？」

「畢竟不是什麼大不了的問題。被人盯著看——就只是這樣罷了。」

「就只是這樣——嗎？」

我表現出自己並沒有放在心上的態度，但鬼龍院卻說不是這麼回事。

「我倒是覺得這是後果不堪設想的戰略之一呢？特別是對你這種類型的人而言，應該沒有比這更棘手的狀況吧。」

雖然鬼龍院這麼挖苦，但她的指謫並沒有錯。

「不愧是學生會長。對於完美無缺的你，他打出一張雖然奇特但有效的牌。」

「什麼完美無缺，妳太看得起我了。」

「別謙虛了。我們好歹是一度共同跨越過生死關頭的夥伴啊，我很清楚你擁有深不見底的力量。沒錯吧？」

潛藏在太陽眼鏡底下的目光銳利地射穿我。

就算一直隨便否定，周遭也有許多學生在，不曉得何時會被聽見。

鬼龍院當然也有考慮到這種周遭環境吧。

「我知道了。總之我先承認這點。」

「呵呵，這樣就行了。那麼，言歸正傳，你在考試終盤跟南雲發生了什麼事嗎？至少一直到無人島考試結束為止，他都沒有對三年級生發出指示嘛。」

「我做了什麼會被他怨恨的事嗎……無法斷言完全沒有，這點讓我感到焦躁。」

至今一直擺出放鬆姿勢的鬼龍院稍微抬起上半身。

「就個人力量來說，南雲雅這個男人在這所學校也具備頂尖水準的實力。學力A、身體能力A、靈活思考力A＋、社會貢獻性A＋。無可挑剔。」

「我知道。畢竟僅限於OAA來說，他是壓倒性的全年級第一嘛。」

像須藤或鬼龍院一樣，在其中一項能力保持A＋的學生並不少。

但是，全部都是A以上的學生只有南雲，而且有兩個A＋以上的學生也極為有限。

「原本就很高的學力與身體能力，還具備統整年級的領袖魅力與甚至爬到學生會長這個職務的實際成績——但這樣的南雲在同年級當中卻沒有像是敵手的勁敵可以較量。在學校內他唯一承認跟他具備同等實力的是堀北學，但堀北學已經畢業不在學校了。」

鬼龍院歇口氣，拿起放在桌上的玻璃杯。

「對南雲而言，你應當只是玩具之一而已。然而，在無人島考試中發生的某件事似乎成了契機，讓那傢伙認真起來了啊。」

「如果他能丟著我不管是最好啦。」

「若是這樣，就表示你在某處做錯了選擇。」

鬼龍院毫不留情地說著刺耳的話。

「能一對一打倒你的人應該寥寥可數吧。我也算是對自己的本領有自信的人，但假如有我不擅長應付的類型，恐怕就是類似綾小路你這樣的存在。不過以南雲的情況來說，性質截然不同。在我看來，那傢伙會成為你最難應付的類型。如何？」

「我現在無法否定那種可能性了呢。我誤判了他的本質。」

只不過是被視線盯著看。沒想到這居然會是讓人這麼有壓力、感到厭惡的事情。在White Room也是隨時都有人在監視，但這跟那種情況完全不同。

也就是被迫處在這輩子沒經歷過的環境裡那種狀況。

而且要擺脫這些視線，除了繭居以外別無他法，但那也不是實際的解決對策。

「我想也是。南雲有偏好華麗的行動和勝利方式，還有單挑的傾向。但如果是為了確實獲勝，他會使用任何戰略。就算要動員所有三年級生也一樣。無論是卑鄙或怎樣都行，他會以最後能獲勝為優先。」

這表示讓眾多人的視線集中在我身上的行為，不過是序章而已嗎？

「不好意思，但在這件事上，我沒辦法幫上你的忙喔。」

她這麼說，戴上原本掛在額頭的太陽眼鏡。

「我沒有說半句想要依靠妳的話吧。」

鬼龍院搶先一步拒絕我請求協助。

「雖然我這三年來一直隨心所欲，自由自在地行動……但現在有一點捨不得校園生活了。假如這所學校有原級留置制度，我說不定會想考慮看看呢。」

原級留置——是指沒有升級，留在原本的年級重讀一事。

直截了當地說，就是留級。

「原來你在這啊，綾小路。」

正當我跟鬼龍院繼續談著這個話題時，桐山副會長單獨現身了。給人認真印象的桐山似乎比約定的時間提早不少抵達。他瞥了一眼在旁邊放鬆的鬼龍院後，重新將視線看向我這邊。

「雖然離約定的時間還有一會兒，但不介意我提前開始吧？這裡不太方便，換個地方吧。」

「這表示你們要談不想讓我聽見的話題是嗎？桐山。」

雖然鬼龍院說無法幫我忙，但她應該對話題的內容感興趣吧。

她將重新戴好的太陽眼鏡再次挪到額頭上。

「純粹只是因為這裡太引人注目了。可能的話，我想在安靜的地方聊。」

泳池邊是特別受歡迎的場所，因此有大量學生在這裡逗留。

哎，雖然不知何故，只有鬼龍院的旁邊有空位，但關於這點沒有深入追究的必要吧。畢竟這裡讓人感覺很不自在嘛。

「居然說太引人注目？你這話還真奇怪，這樣很矛盾喔，桐山。」

「什麼？」

「既然想在安靜的地方聊，約在這種有許多人群聚的游泳池碰面根本不合邏輯。不對嗎？」

「那妳是想讓我一開始就明講，在妳旁邊談話會讓人感到鬱悶，所以我不願意，是嗎？」

因為鬼龍院故意挑語病，桐山像在咒罵似的這麼說道。

他這時的表情完全像條死魚，不帶一絲感情的色彩。

這說明了迄今鬼龍院曾好幾次讓他感到棘手。

「原來如此，這表示我讓你費心了嗎？」

無論什麼時候，只要話題一開始，就會以鬼龍院為中心發展下去。
雖然桐山是因為厭惡這點才選擇避開，但反倒讓鬼龍院插進話題了。
「反正都來了，能讓我也聽聽你們接下來要聊的話題嗎？」
「我拒絕。那是跟妳沒有任何關係的話題。」
「沒有關係？你擅自斷定跟我無關不太妥當吧。」
「妳說什麼？」
「我跟綾小路有男女之間的交往關係。假如是這樣，你還能說跟我無關嗎？」
咦？
在我做出這樣的反應前，桐山露出吃驚的表情，輪流看著我跟鬼龍院。
「呵呵，我說笑的，桐山。雖然你是個無聊的男人，但只有反應偶爾會挺有意思的呢。」
看到鬼龍院一臉愉快似的笑著，桐山強烈地感到憤慨。
他一言不發地邁出步伐。
這是要我別管那種女人，趕快跟著他走的意思吧。
「我也沒辦法無視，那我就此告辭了，鬼龍院學姊。」
「幫我跟桐山問好。」
這就饒了我吧。就算本人不在，他應該也不想聽見鬼龍院的名字。

我跟著走在前頭的桐山，到達能夠俯視游泳池的上一層甲板。

這裡有許多在曬日光浴或睡午覺休息的學生，是比較安靜的場所。

儘管如此，還是聚集了不少學生，在這裡交談可能反倒會引人注目。

只不過，這裡一個三年級學生也沒有，可以推測是桐山已經支開了三年級生。

就這層意義來說，無論是一年級生還二年級生，都不會把我跟桐山的對話放在心上吧。還有另一個救贖是，也沒人埋伏在這裡，是因為跟桐山一對一商談嗎？

「那麼，你特地找我出來，是有什麼事呢？」

「我說話不拐彎抹角。無人島考試最後一天，你對南雲做了什麼，綾小路？」

「什麼是指？」

「別開玩笑了。無人島考試的結果很明顯地跟你有關。」

我跟南雲面對面的無人島考試最終日，我偶然從對講機聽見他們正在展開壓制高圓寺的作戰。就算桐山掌握到這件事也毫不奇怪。

「要我回答也無妨，但能請你先回答我的問題嗎？」

「你說問題？」

沒錯。知道他像這樣找我出來時，有件事我一直想先確認清楚。

我對露出疑惑表情的桐山接著說道：

「從首次與桐山副會長見面時我就一直有個疑問。你當時好像是為了打倒南雲而行動，那你是從哪個階段開始放棄戰鬥……開始死心的呢？」

假如桐山期待南雲失去地位或敗北的話，照理說應該會很歡迎這次事件。

「死心？我不懂你的意思啊。我現在也持續進行個人的戰鬥。」

「是這樣嗎？在我看來好像不是那麼回事呢。」

我這麼否定後，桐山似乎立刻理解了我的目的是什麼。

「你好像以為我是站在南雲那邊的，但並非如此。因為南雲的計畫出現變動，也開始對我跟那周遭的人產生負面影響。我應該在無人島考試前說過了，要你別妨礙我。」

那一句話是由桐山發出，表示否定的極為普通的話語排列。

但是，所謂的人類就是會不小心有小小的失言。

「這是你過度解釋嘍。原本只是在談你是否放棄了戰鬥的話題，但桐山學長好像強烈地意識到『自己是否待在學生會長那邊的陣營』這個層面呢。」

「……意思差不多吧。」

「承認落敗跟倒戈到對手陣營所意味的事情截然不同喔。完全似是而非。如果是副會長，應該明白這點程度的事情吧？」

會把自己歸類為優秀的自尊心強烈之人，認為自己不會犯錯。正因如此，只要搶先反問「你這麼優秀，應該不會弄錯吧？」對方就更無法承認自己的失誤。

「你想說什麼？」

桐山沒有承認也沒有否定，試圖將話題進展下去。

畢竟現在這個男人能挑的選項中，最容易選擇的就是忽視嘛。

「我單純只是想問你待在哪個立場。儘管放棄戰鬥，但與南雲為敵一事仍然不變嗎？還是說你已經屈居於南雲之下呢？畢竟這好歹是堀北學託付給我的事情嘛。」

或許是許久沒聽見學的名字，桐山的表情僵硬起來。

「……這麼說也是啊。」

桐山說不定是想起了我跟他首次見面時的事情。

「回想起來，你這個人對我和南雲，還有跟堀北學長的關係——簡單來說，就是對於學生會絲毫不感興趣。就這層意義來說，實在不該把你牽扯進來的。」

他將左手放在扶手上，用力地握住。

「我一直想要打倒南雲是事實。因為不打倒他的話，我們班就不可能再度升上A班。但是，那種氣概也在二年級的中盤慢慢變弱了。」

現在的三年級生跟我們二年級相比，更是讓A班一枝獨秀，遙遙領先。

在目前這個時間點，三年A班跟三年B班的班級點數已經相差九百點以上。即使是在去年的

中盤時，應該也有七百點以上的差距。

他們從很前面的階段就讓南雲遙遙領先，已經來到了無法追趕上的地步。

「我們三年級生老早就開始轉移到個人戰了。班級點數和學校規則都是次要，我們遵照南雲提倡的自創規則開始較量。」

這表示三年A班遙遙領先到堪稱異常的局面，背後跟這件事有很大的關聯。

既然演變成這種情況，桐山要獨自對抗的門檻應該相當高吧。

「我曾經為了設法突破這種狀況不斷掙扎，但升上三年級後，我也很快就被那股巨浪吞沒了。」

是懊悔？或死心？桐山露出難以言喻的側臉。

「被巨浪吞沒後，變怎樣了呢？」

「呼……不直接從我嘴裡清楚聽到的話，你好像不會滿意啊。」

「因為這對我而言是很重要的事情。」

「南雲交給我可以在A班畢業的門票，我決定服從那個男人制定的規則——你想聽的就是這些吧？」

換言之，這表示桐山目前的立場不光是停止敵對行為，還變成了南雲的同伴。

對一般學生而言，在A班畢業就是這麼重要的事情吧。

這也證明了兩千萬點就是具備這樣的價值與魅力。

「是否獲得這所學校最大的特權，會對之後的人生有重大的影響。最終來說，無論會被同班同學怎樣怨恨都無妨，能在A班畢業一事比較重要。畢竟跟今後會持續數十年的人生相比，高中三年只是一瞬間嘛。」

桐山會感到憤慨，不惜找我出來也想知道詳情是理所當然的發展。

「由南雲拿下第一名是命題也是使命。但你的干涉導致指揮系統產生混亂，結果被高圓寺搶走第一名，跌落到第二名。以結果來說，在班級點數和個人點數兩邊都受到嚴重的損失。你明白這件事有多嚴重嗎？」

在ＯＡＡ上可以確認到南雲在自己的大組中持有試煉卡與七張追加卡。光是這樣，沒能拿下第一名而損失的金額就高達七百萬。

而且假如三年級生持有的二十八張搭順風車卡都指定為南雲組，原本可以追加獲得將近一千五百萬個人點數的報酬。但跌落到第二名一事導致報酬幾乎減半了。當然，那肯定還是一筆莫大的金額啦。

如果把試煉卡帶來的班級點數效果也算進去，損失就會更加慘重。

「在我們這些即將畢業的三年級生之中，錯失這次的第一名是嚴重的損失。明明我們連一點也不能浪費，必須收集個人點數才行啊。」

考慮到桐山組也打算以第二名為目標，將「追加」卡集中在自己小組這件事的話，就表示消失的個人點數比剛才計算的結果還要更多。

「看來桐山學長們的小組會錯失得獎機會，好像也不是毫無關係呢。」

我指謫出這一點，於是桐山的肩膀略微抽動了一下。

「……是啊。我們緊急被派去支援南雲組。但是，僅僅慢了一會兒的應對直到最後都在各種方面造成影響。我們並非只是輸給高圓寺就了事，甚至還被二年級生的小組搶走了第三名。」

如果一切都按照作戰計畫進行，三年級生能夠獲得大量的個人點數報酬。儘管那些點數只是他們打的如意算盤，但無疑是能夠確實拯救夥伴的鉅款。

「為了移動到A班，需要的門票是兩千萬。我們經常在摸索最適合用來生出這一筆錢的方法。可以說這次事件讓我們少了一張門票。」

雖然無人島考試前幾名的報酬都是十分吸引人的內容，但單就個人點數來說，反而是追加卡與搭順風車卡具備的效果會在合計之後遠遠勝出。

「到目前為止，南雲一直展現出成果，獲得同年級學生的信賴。但現在卻因為對你的存在太過固執而損失鉅款，信用出現了瑕疵。儘管如此，倘若他能轉換好心態，就能將問題控制在最小限度，但特別考試後——南雲採取了令人難以置信的行動。」

「就是出乎預料的三年級生們的退學，沒錯吧？」

「沒錯。原本是預定由前段小組救起故意使其跌落到後段的小組，防止他們被退學，然後在考試即將結束前以調換排名為目標來救濟他們。」

但這個計畫沒有被實行，因此後段小組的三年級生都一起遭到了退學處分。

「那十五個人根本無法反抗，就這樣退學了。當事者們甚至沒有哭喊的時間。」

「以三年級生的立場來看，這實在令人戰戰兢兢呢。」

「這是當然的吧。他一時興起就會讓我們三年的時光化為烏有。倘若是自作自受還能乖乖認命，但若是南雲不講理的行動造成的後果，就另當別論。」

假如他說的都是真相，這也可能會成為至今一直盲目服從的學生們清醒過來的契機。不，反倒可以說即使發生這樣的事情，三年級生也沒有表現出反抗南雲的樣子這點十分異常。

「南雲沒有被怪罪這點，讓你覺得不可思議嗎？」

「畢竟是嚴重的失策嘛。而且沒有門票的B班以下的眾多學生都保持沉默。」

「就算想反抗也無從反抗。南雲跟在籍三年A班的學生們被不可侵犯的要塞守護著。」

不可侵犯的要塞。這表示有人建立了其他班絕對無法反抗的結構吧。

既然如此……只要提出一個問題，感覺就能解開這個謎團啊。

「桐山副會長你直接拿到門票了對吧？」

一般來說，只要他回答「ＹＥＳ」，這個問題就結束了。

然而桐山卻面不改色，在眨眼間這麼回答：

「如果我手上有那張門票，就沒有任何問題了。」

「原來如此。假如是南雲拿著那張門票，確實就另當別論呢。」

要說這是理所當然倒也沒錯，南雲採取了無懈可擊的戰略。既然所有個人點數都是由南雲管理，自然沒有人能反抗南雲。

簡單來說，就是口頭約定會使用兩千萬點來救起後段小組的狀態吧。

不，說不定就連口頭約定這種描述都太天真。

『只要你照這樣發誓效忠於我，我打算幫你準備一張門票。』

應該可以認為他是用這種曖昧的說法，並沒有明講吧。

在這種狀態下胡亂反抗的話，南雲可能會輕易爽約。

「我們也被禁止私下偷存個人點數。個人可以自由擁有的金額上限基本只到五十萬點為止。多於五十萬的點數都會被南雲抽走。」

「還真嚴格呢。」

跟存放在家裡的現金不同，以電子貨幣這種形式存在的個人點數無法隱藏到底。應該也有制定互相監視彼此的規則吧。

假設就算用了某些手段踢掉南雲讓他退學，他也會抱著好幾千萬、或是好幾億的個人點數被退學。

這樣就算想造反也絕對不敢真的行動。

「你明白三年級生堪稱異常地將南雲推上高位，而且還會保護他的理由了吧？」

「我非常明白了。」

可以說是完美的獨裁政權。在同年級裡沒有任何人能夠對抗南雲。

「那傢伙是利用所有三年級生在玩樂。他讓沒有門票的學生互相競爭，表現出會將門票交給獲勝晉級之人的樣子，讓人發誓效忠於他。」

當然，對毫無勝算的D班或C班學生來說，這個南雲的存在就只是神吧。

倘若能派上用場，就可以在A班畢業——畢竟他就是這麼宣傳的，這也是理所當然。

不過，直到即將畢業前真的換班為止，也不曉得那番話是真是假。

「在我們所剩不多的校園生活中，我想為了盡可能多拿到一張門票去競爭奮戰。所以綾小路，你的存在只會礙事。」

因為南雲在意我，失去寶貴的個人點數。

伴隨而來的損失讓應該被拯救的學生變得無法獲救。

這就是目前三年級生身處的狀況嗎？

「不過，你以為我是自己希望置身於這種狀況的嗎？」

「我明白。」

「那你要我怎麼做？」

「只是回到一開始而已。告訴我在無人島發生的事情，首先要從那裡找出解決方法。」

「南雲應該不希望這樣吧？他也沒告訴你這個副會長發生了什麼事情對吧？」

「……是那樣沒錯，但放著不管也解決不了問題。」

這表示縱然有失去門票的風險，他也想阻止南雲輕舉妄動嗎？

不，他是擔心假如不加以阻止，自己的門票也不曉得會有什麼下場。

「如果你不想告訴我，那希望你現在立刻去見南雲，跟他談談。需要的話，我也可以幫忙安排地點。今後你跟南雲互相爭鬥，也對任何人都沒好處──沒錯吧？」

「確實就如你所說。」

「南雲正在實行的作戰，我也一定會進言請他收手。希望你能相信我。」

正在實行的作戰。關於這點根本用不著特地詢問內容。

「是指開始盯著我看的視線呢。」

桐山俯視游泳池，點了點頭。

「這麼做有什麼目的？是為了什麼？還有要持續到何時？沒有任何相關的說明。在三年級生之間，這種奇怪的行動只是讓人越來越不信任南雲。」

儘管覺得無法信任，也只能服從握有全部權利的南雲。

「雖然南雲政權堅如磐石……就算這樣，他要是一直這麼亂來，也可能會演變成最糟糕的事態。」

被給予門票的桐山等人應該會忠實地繼續服從吧，但沒能拿到門票的眾多學生可不是這樣。桐山不能讓類似暴動的行為發生。

就算有人認為反正都拿不到門票，便企圖讓南雲退學也不奇怪。

對桐山等人而言，那將會是最糟糕的劇本。

「假設我說要跟他見面好了，我也不覺得事情會就此結束呢。」

「那該怎麼做才好？你不肯告訴我詳情，也不想跟南雲見面。這樣子狀況只會一直惡化下去。」

「能給我一點時間嗎？我一定會在近期內給出答案。」

後續消息恐怕會從南雲口中傳入桐山耳裡，而不是從我這邊。

「……好吧。但麻煩你在南雲採取下個行動前做出決定。」

因為桐山一直在環顧整個游泳池，他很快就注意到某個人物的登場。

當然，就是一直成為話題中心的南雲。

「我要走了。畢竟他要是知道我跟你見面，事情又會變得很麻煩。」

這麼做很明智吧。桐山今天跟我接觸，也是背負著相對的風險吧。
即使只是暫且得知三年級生置身的狀況，這次接觸也有價值了。

1

因為南雲跟他的夥伴開始變多，我立刻從游泳池撤退。
假如南雲想直接跟我對話，我很清楚就算我不主動接觸，丟著不管他也會派使者過來。
既然目前他沒那麼做，我就解釋成他並不打算跟我坐下來談。
總之，一直隨便受人矚目感覺並不舒服。
我像要逃跑似的在更衣室換好衣服後——
「綾小路學長！」
我遭遇到在通道上發現我，露出看似開心的表情飛奔靠近的七瀨。
在船上，會前往的場所就固定那幾處，會在客房以外的地方反覆跟認識的學生擦身而過，因此連續兩天碰面這件事本身並沒有多稀奇。
話雖如此，但因為她登場的方式一模一樣，讓我回想起昨天看見的光景。

「學長現在方便聊一下嗎？」

七瀨稍微確認我的周圍，她好像在檢查我是否跟某人在一起。

說不定是因為我昨天跟石崎一同行動，她才無法開口。

不過該說有種偏強的壓力嗎？雖然距離感近得讓我有些困惑，我仍點頭同意。

「其實我一直在煩惱是否該跟學長報告，那個，有件事讓我有點在意。」

「讓妳在意的事？」

七瀨點了點頭，開朗的氛圍從她身上消失，轉變成認真嚴肅的面貌。

然後七瀨一邊留意著周圍的情況，同時小聲地說了起來：

「我有一件事瞞著學長。雖然說出來可能會惹學長生氣……」

我可能會生氣？究竟是什麼事呢？

「那個——」

七瀨變得更小聲，準備說出她一直瞞著我的事情，但……

「咦？綾小路同學？」

聽到有不怎麼耳熟的聲音這麼呼喚我，七瀨連忙拉開了距離。

來者是一之瀨的同班同學——小橋夢。

如果是在至今為止的校園生活中，就算看到彼此的身影，也根本不會打招呼吧。

但在無人島考試時，儘管時間短暫，也度過了一段相同的時光。

似乎是那段時光讓我們的關係產生了變化。

「啊，我是不是有點……打擾到你們了？我應該在旁邊等一下比較好嗎？」

她剛才沒看到被我身體擋住的七瀨嗎？小橋一臉過意不去似的說道。

「不，不要緊的。我只是在向綾小路學長請教一下不懂的事情。」

「沒關係嗎？」

內容沒有想像中嚴重嗎？七瀨用力地點了大約兩次頭。

「等學長之後有空時我再向你請教。」

只能確定那似乎不是可以讓其他學生聽見的內容。

七瀨不只是對我，也對小橋深深鞠躬之後，跑著離開了。

「啊，對不起喲，沒注意到你們正在談話。那女孩是一年級生對吧？是不是惹她生氣了呢？」

「我想應該不用擔心那點。先別提這些，妳有事找我？」

「其實是今天晚上班上女生要舉辦慰勞會。方便的話，我想請綾小路同學也來參加。畢竟也想感謝你幫了小千尋。」

是這樣的邀約。

不過，「班上女生」這個關鍵字讓我很在意。

「會有哪些人參加？」

我感到害怕，因此試圖確認，但小橋長長地「嗯～」了一聲，疑惑地歪頭。

「目前好像還在調整成員吧。你用不著那麼在意，不會有奇怪的人啦，沒問題。」

我並不是害怕有奇怪的成員參加，但她好像無法理解這點。

「只有小橋你們班的學生對吧？身為外人的我去湊熱鬧，不會格格不入嗎？」

「會嗎？沒那回事啦。欸、欸，怎麼樣？」

感覺很曖昧且抽象的慰勞會邀約。

一方面也因為平常在一之瀨班上沒幾個能親密交談的對象，老實說我提不起勁。

尤其現在就算跟一之瀨碰面，能不能相談甚歡也很可疑。

雖然感到有些抱歉，但這邊還是拒絕邀約吧。

「不，我就不用——」

看到我打算拒絕的模樣，小橋雙手合十，滔滔不絕地說了起來：

「求求你！就當作在這裡相遇也是種緣分，好不好？」

被她這麼一說實在很難拒絕，但我可不能輕易讓步。

能夠想見要是在這裡隨波逐流，之後不會有什麼好下場。

「也就是說……我該負責對吧？」

「咦？」

「沒關係，這也沒辦法呢。我打算好好地跟班上同學報告這件事。雖然邀請了綾小路同學，但我邀請的方法太糟糕，所以被拒絕了——」

「等等。為什麼會變那樣？」

「那你願意來嗎？」

「……這……」

「你果然不願意呀。啊～啊，要是我邀請人的方式能更高明一點……對不起，各位。」

「妳這麼沮喪的話，我也很傷腦筋耶……」

「只要露個面就好……！拜託了，求求你！還有小帆波也會來！」

她又再一次地，這次用比剛才更猛烈的氣勢搓手苦苦哀求。

被她央求到這種地步，已經等於是沒有退路了。

「我知道了。真的只是露個面就好吧？」

「嗯，謝謝你！啊，但你會參加今天的慰勞會這件事，要對小帆波保密喲？」

她露出明朗的笑容，難以想像直到沒多久前她還在沮喪地唉聲嘆氣。

女人是天生的女演員——這句話說得真好。

不過要對一之瀨保密？這部分讓我有些在意。

「為什麼要保密？我是否可以參加慰勞會這件事，希望妳能取得所有人的同意。」

我甚至希望只要有一個學生拒絕讓我參加，她都可以不客氣地直說。

這麼一來，我就有正當理由可以光明正大地重新拒絕。

「這是因為那個……綾小路同學當個驚喜來賓比較好吧？」

我總覺得那會是驚嚇，不是驚喜。

雖然不會深入追究，但這些同學們似乎也對關於我跟一之瀨的事情浮現各種想法。

「那麼，八點在五〇三四號房等你喲。」

「妳說五〇三四號房……是在某人房間舉辦嗎？」

我還以為會利用某處的休息室或是甲板。

而且就房間號碼來看，那並非男生的房間，而是女生住宿的客房。

「不可以嗎？」

「不……不是不可以，但我總覺得這樣好像更難前往赴約了。」

「沒那回事喲。對吧？」

我好像不小心就會被小橋的「對吧？」攻勢給壓制住。

我的退路逐漸被奪走。

「那麼，我會等你的！一定要來喲！」

是達成約定後感到滿足了嗎？小橋略微快步地離開了。

「真傷腦筋啊。」

雖然還不是跟一之瀨面對面交談的時機……

不過混在一大群人裡面的話，應該還好嗎？

既然是慰勞會，一定也有不少男生會參加吧。

2

這之後我也沒心情自由玩樂，在自己房間度過一段沉悶的時間，用完從六點開始的晚餐後，轉眼間就來到了晚上八點前。

「走……吧。」

如果現在能重新選擇要不要去，我會毫不猶豫地選擇「不去」。

雖然是讓人這般不願意的邀約，但如果真的不想去，應該毫不猶豫地拒絕才對。都怪我表現出半吊子的應對，才會變成這樣，所以只能認命地當成自作自受吧。

儘管我這麼重新下定決心……還是呆站在抵達的五〇三四號房前。

從我到達這個場所後，即將經過一分鐘了。

就算想敲門，但有時會從房內傳來女生們的聊天聲和笑聲。

目前完全感受不到……有男生在場。

我只有不祥的預感。

不知為何，我甚至覺得自己好像緊張到冒汗。

唯一可以確定的是比在無人島考試中與月城對峙時還要緊張。

「乾脆就這樣折返回頭，應該還比較明智吧？」

惡魔的低喃就這樣通過喉嚨作為聲音吐露出來。

我不小心忘記了——像這樣找藉口一個勁兒的道歉，受到的傷害應該還比較小吧？

不過，可能的話我也想避免被印上爽約之人的烙印。

究竟該怎麼做……

正當我彷彿被鬼壓床一樣動彈不得時，這個咒縛從意外的地方被打破了。

「啊，你來了呀！」

從走廊前方現身的是小橋。

該說她真不會挑時間嗎……

小橋的手上提著偏大的塑膠袋，裡面裝著零食和寶特瓶飲料等東西。

既然被發現了，逃走這個選項也只能自然地消滅。

「我想大家應該已經到齊了，不用客氣，進去吧。」

「喔、好……我正準備那麼做。」

情況已經不允許我開溜。

小橋毫不猶豫地準備輕鬆打開我感到十分沉重而無法開啟的門。

妳這麼輕易地打開真的好嗎？讓我再做一下心理準備——

就在我這麼心想的期間，隔開我與客房的唯一一扇門扉也被拆除了。

最先刺激了五感的不是視覺，而是嗅覺。

彷彿花香又像是蜜汁，總之有種甜美的香氣飄散過來。

隨後在視野前方出現的皆是女生，好幾雙眼球捕捉到我。

「鏘鏘——！我把綾小路同學拐進房了——！」

在絕對稱不上寬敞的四人房裡面，女生們擁擠地坐在一起。

眼前的這個世界是怎麼回事啊？

一、二、三……再加上小橋，總共有十個人。

換言之，這就表示一之瀨班有一半的女生都在現場。

然後這裡沒有絲毫男生的氣息，我彷彿要陷入擅自遭到背叛的感覺。

「慢點，小夢，拐進房這種說法有點難聽耶～！」

「是嗎？啊，這是妳們託我買的東西，我買來了～」

小間客房的床鋪附近有張小桌子，她將塑膠袋放到桌上。

這種輕飄飄的輕鬆氛圍的聚會是怎麼回事啊？

唯一可以肯定的是這跟惠她們的女生小圈圈又有一點不同。

參加的成員幾乎都是我沒說過話的女生，但我姑且透過ＯＡＡ記得她們的名字和長相。

正當我被這幕光景震撼住而動彈不得時，小橋輕輕拍了拍我的背。

「那麼，綾小路同學你～要坐哪裡好呢。啊，坐小帆波旁邊可以嗎？」

在這當中跟我關係最親近的確實是一之瀨，但小橋的指定沒有一絲迷惘。

說到底，因為房間狹窄，我想本來就沒什麼選項，但我似乎從一開始就不存在選擇的權利。

只不過讓我感到有些不可思議的是，明明這空間有十個人在，一之瀨的旁邊卻打從一開始就空出給一個男生坐也沒問題的空位。

換言之，這很有可能是事先決定好的，並非碰巧空著。

回想白天被小橋邀請時的發言，加以對照……就算這麼做，在現狀也派不上任何用場。

就算像這樣一直站著，也只會持續受到十個人的視線注目，感到渾身不自在而已。

我急忙地通過女生前面，來到一之瀨旁邊。

「……我可以坐下嗎？」

「當、當然可以。」

我先打了聲招呼，才坐到一之瀨的身旁，但至今仍會感受到幾乎所有人的視線。

應該說除了一之瀨、小橋與叫做姬野的學生以外的七人，都像在打量似的觀察著我。

不行，這邊應該冷靜下來，假裝不知情地度過這段時間。

然後應該看準時機早點告辭。

小橋將倒入透明杯子裡的茶遞給我。

在所有人都拿到飲料後，推測是擔任主持人的網倉大聲說道：

「那麼，廢話不多說——現在開始無人島考試的慰勞會，還有綾小路幫了迷路的小千尋感謝會。乾杯～」

大家都跟著這句話一同高舉杯子。

「呃，首先要謝謝你，綾小路同學。那時真的是得救了。」

坐在一之瀨左邊的白波這麼說，向我道謝。

我沒有做什麼值得讓她們感謝這麼多次的事情耶……

總之我也無法擴展話題，因此我先輕輕點頭致意。

「那個，綾小路同學。」

個人很想說雖然宴會正熱鬧，但也差不多該散場了——不過令人感嘆的是時間只有經過大約十分鐘而已，這時白波露出認真的表情看向這邊。

「什麼事……？」

她雙手握著罐裝柳橙汁，好像有話想說的樣子。

「我很感謝你幫助了我。但是，我還沒有認同你喲。」

白波沒有詳細說明，她只是這麼說完後，就閉眼將柳橙汁灌進喉嚨。

「……咦？」

「噗哈！我沒辦法再多說什麼了！」

不不，妳到底在說什麼啊……

雖然我跟不上話題，但白波周圍的人都對她拋出「說得好」或是「妳很努力了」這類鼓勵與慰勞的話語。

白波看來也挺開心似的感到害羞，不過妳到底在說什麼啊……

身處客場的我實在無法像這樣反問。

雖然白波在慰勞會剛開始時提到關於我的事情，但那之後女生們就各自聊了起來。我像是到別人家作客的貓一樣，只是乖乖地旁觀這景象。

當然，如果有人問我感覺是否舒適，我會立刻回答NO。

話說回來……

我被迫親眼見證女生有多會聊天，她們總能接連不斷地展開話題。

話題不分類別，就彷彿在日本各地飛來飛去的飛機一樣忙碌。

但無論是哪種話題，都有一個共通點。

就是多數女生都認為一之瀨是中心人物，十分信賴一之瀨，甚至迷信一之瀨。我不會說這樣不好。

一之瀨帆波這個學生，無庸置疑地足二年級生之中最能信賴的學生。

這跟是敵是友無關，我可以這麼斷言。

要憑藉什麼才能信賴的標準雖然因人而異，但所謂的信賴是每天一點一滴累積起來的東西。

就像至今沒有發言過的學生突然說「相信我吧」，也沒有任何人會信任他一樣。

但是，能夠信賴跟迷信是兩回事。

因為即使一之瀨是個能信賴的人，她也經常會做錯選擇。

就算一直信賴那種錯誤的人，也不會得到任何成果。

為了訂正錯誤，一定會需要能夠直言不諱地指出錯誤的學生。

「我可以說句話嗎？」

在女生們聊得正熱烈時，到目前為止只會偶爾附和的一名女生舉起了手。

「怎麼了嗎，小由貴？」

「頭痛的老毛病又犯了。不好意思，但我覺得很累，可以回房間嗎？真的累到不行。」

如果是沒什麼的單純發言，我也不會放在心上，但她出乎意料的語調讓我嚇了一跳。

因為一之瀨班的人基本上都很有禮貌，大多是很正經的學生。

姬野簡短地報告自己身體不舒服的理由，希望可以回房間。

「當然可以呀，要不要我陪妳回去呢？」

聽到朋友不舒服的一之瀨還有女生們連忙向姬野搭話。

「啊～不用了、不用了。我又不是小孩子……」

同學們過度保護的行動讓姬野一臉厭煩似的站了起來。

原來一之瀨班還有這種類型的學生啊。

記得姬野在無人島考試中一起組隊的成員，好像都是同班的夥伴。

總之，現場原本散發著還不能回去的氣氛，但現在出現了變化。

要是錯過這次機會，不曉得我下次何時才能回去。

這邊就大膽地跟在姬野後面離開吧。

「那麼，我也差不多該回去了。」

「咦，你已經要回去了嗎？明明可以再多待一下的呀。」

「不了，我原本就只打算露個面，而且我之後預定要跟別人見面。」

只要說我另有行程，一之瀨她們也不會堅持要挽留我。

「那、那回頭見嘍，綾小路同學。」

在依舊可愛地坐著的一之瀨還有女生們的目送下，我離開了房間。

3

「呼……差點流出奇怪的汗水啊。」

不，可以說我已經流汗了吧。

在姬野離開房間後不到三十秒，我也溜出了不祥的五〇三四號房。

對某些人而言大概是天堂吧，但是不好意思，那對我而言是個難受的地方。

我果然很難說是擅長拉近人與人之間的距離啊。

如果是從一開始就徹底扮演那種角色，或許情況就不同了，但因為有決定要扮演不起眼高中生這個前提條件，要改變這種性格並不容易。

只不過，一方面也因為至今跟一之瀨班幾乎沒什麼交流的機會，應該還是多少拉近了距離吧。

雖然還有些模糊，但大概能看出以一之瀨為中心，她身旁有哪些女生。

什麼已經足夠，又缺少了什麼，我明白一之瀨班目前的優點與缺點了。

無論今後「由誰」來當領袖，能夠直言不諱的學生都是不可或缺的存在。

能辨到這點的人，目前我只想得到男生的神崎。

只不過以一之瀨為中心運轉的班級，女生的發言分量似乎很重，與男生不相上下。

雖然神崎個人是能夠對一之瀨直言不諱的類型，但關於他是否能對整個班級提出訴求這部分，還有他是否能控制女生，又完全是兩回事。

「嗯？」

雖然姬野說她因為頭痛要回房間，但她卻走向跟客房不同的方向。

她在一瞬間彎過轉角離開，但她的髮色很特別，所以應該不是我看錯。

在剛才的女生聚會中，姬野讓我有種不協調感。

她也是個讓我有些在意的存在，因此我決定追上去看看。

然後我抵達的場所是夜晚已經沒有人煙的船尾甲板。

我從有些距離的地方看著她的側臉，同時重新回想姬野由貴的個人檔案。

二年B班　姬野由貴

學力　B－（63）

身體能力　C（51）

靈活思考力　C＋（58）

社會貢獻性　C＋（58）

綜合能力　C＋（57）

除了偏高的學力以外，無論好壞都很普通，乍看之下並不具備優秀的能力。

不過，這終歸是從校方角度來看的能力。無論是怎樣的學生，都可能隱藏著看不見的優點與缺點。真想再稍微刺探一下。

這邊試著與她接觸才是捷徑吧。

「妳在做什麼？」

「啥……？什麼事？」

她露出略微尷尬的表情，移開視線。

既然她是主張頭痛而離開房間的，待在這種地方實在很不自然。

「頭痛已經好了嗎？」

「煩耶……」

雖然她小聲嘟噥的話語幾乎被風聲掩蓋過去，但聽起來她像是說了「真煩人」。

無論男生或女生，都有一定數量的人說話比較粗魯，但姬野的情況與其說是粗魯，更像是為了不讓人靠近，提防著他人的說話方式。

不過她似乎也會在意對外的形象，她咳了一聲清喉嚨後，只將視線移向了這邊。

「我只是覺得吹吹風可能會好過一點，才繞到這裡而已，有事嗎？」

「妳經常會頭痛嗎？剛才也說了老毛病什麼的。」

雖然想詢問詳情，但她似乎不想繼續跟我對話，陷入了沉默。

在剛才的女生聚會中也是，除了要回房間時以外，她一句話都沒說。

不僅如此，其他女生基本上也不會跟姬野搭話。

她應該不是遭到排擠吧，畢竟一之瀨不可能允許那種行為，而且假如她們關係不好，也不會讓別班的我看見那種情況吧。

既然如此——

應該是在舉辦慰勞會的時候，有些強硬地邀請了姬野參加吧。

倘若想成是同班同學們希望姬野能稍微樂在其中的話，就能看見其中的關聯。

「因為我有偏頭痛啦。」

她簡短地隨便回答道。

「既然是偏頭痛，吹風冷卻一下是正確的啊。」

腦血管因為疲勞或睡眠不足而擴張的話，會導致女性荷爾蒙發生變化。冰敷可以讓血管收縮，熱敷則會使血管擴張，因此來吹風冷卻一下不是壞事。

只不過，前提是那當真是偏頭痛的話。

「累死了……」

「頭痛應該是妳用來逃離討厭空間的藉口吧？」

「啥？你是說我撒謊嗎？」

姬野至今一直表現出比較冷淡的態度，但一被我指謫她應該在說謊，便瞬間變了臉色。在個性溫和的同學占大多數的一之瀨班，她算是相當罕見的類型。

我感受到的直覺並沒有錯。

「看妳這樣惱羞成怒，是被我說中了？」

「才不是。應該說你這人是怎樣？啊～我頭又開始痛了……我回房間嘍。」

「如果惹妳生氣了，我很抱歉。只不過，妳可以稍微聽我說一下嗎？」

姬野依舊按著額頭，一臉厭惡似的轉過頭來。

「我頭痛越來越劇烈了耶？」

「抱歉啊。」

「抱歉什麼啊……你的前提是我會聽你說嗎？」

「妳好像很不願意啊。」

「我是不願意呢。」

像這樣對話幾次後，我逐漸能明白了。現在這樣似乎才是她的本性。

「是嗎，那就沒辦法了。」

你總算懂了？她摻雜著這樣的憤慨，聳了聳肩。

「接下來我只能回去那場女生聚會，向她們報告姬野說不定是裝病。」

「啥、啥啊？別擅自把我當成是裝病啦。你這個騙子。」

「騙？我只是要說妳『說不定是』裝病。至少既然我有這種感覺，應當有權利提出這個看法。至於是真是假，只要妳改天在大家面前證明就行了。」

「頭痛根本無從證明起吧。」

「或許吧。」

「搞什麼呀，雖然大家都對你稱讚有加，但你個性很討人厭耶。」

「至少應該沒人稱讚我個性善良吧？」

雖然這種話不該自己說，但她們只是感謝我幫了白波而已。

「是喔。」

「話說回來，姬野妳還真奇怪呢。該怎麼說呢？妳不像是一之瀨班的人。」

「奇怪？讓我說的話，是班上那群傢伙爛好人過頭了。我們班經常會很多人聚在一起行動對吧。哎，這件事本身倒是沒什麼，但總之該說每次聚會都十分漫長嗎？都沒人要回去是個大問題。」

假如要反覆參加自己不怎麼喜歡的聚會，會感到厭煩也是無可奈何。

不過一之瀨的同班同學們很享受那些聚會。

所以每次聚會都沒人要回去，結果時間就拉長了吧。

「如果受不了，那不參加就好了吧？」

「你覺得我能那麼做嗎？就算感到厭煩，努力跟大家步調一致也很重要吧。」

「嗯，說得也是。」

整個班級都很團結一致，特別是在女生之間有種強烈的團隊精神。即使內心抱持著不滿，要丟進石頭掀起波瀾，需要相當大的勇氣。

姬野。說不定我跟她的相遇可以轉換一個方向。原本除非是特別狀況，否則我不會對甚至是異性的姬野過度干涉。

但是，這邊試著刻意踏出一步，應該也不壞吧。

當然，假如以結果來說，這會給姬野造成麻煩，那也是無可奈何。

「要是想發洩壓力，大叫果然是最好的辦法吧？」

「大叫……？就算受不了，要是在這種地方大叫，會嚇到人吧。」

「會來船尾甲板的學生很少，而且考慮到船發出的聲響，就算大聲喊叫也對周圍沒有影響。只是很快就會被掩蓋過去罷了。」

「但是……」

至今不曾那麼大聲喊叫過嗎？她露出困惑的表情。

「那麼，你先大叫看看呀。」

「……我嗎？」

出乎意料的回應讓我也不禁倉皇失措起來。

「雖然我對你不熟，不過該說你給人挺安靜的印象嗎……你看起來也不像是會大喊大叫的人。如果你願意示範給我看，我也會嘗試看看。」

傷腦筋啊。

因為沒印象自己至今曾感受過強烈的壓力，如果有人問我有沒有實際大聲喊叫過的記憶，我沒經驗到甚至可以直接回答「沒有」。

「辦不到的話，就快點給我回去。」

要是在這裡卻步，恐怕跟姬野的關係就到此為止吧。

「我知道了——」

在姬野的監視下，做好覺悟的我對著海洋大聲吶喊：

「啊————好，接著輪到姬野妳了。」

「……你在開玩笑嗎？」

「沒有啊？」

「你的音量根本一點也沒有變大。真的很瞧不起人。」

「那妳示範給我看吧。」

「這種事哪有什麼好示範的呀。」

姬野感到傻眼地想開溜，我用話語抓住她的背影。

「剛才不是說好我肯示範的話，姬野妳也會嘗試嗎？」

「不不，要是你以為那樣就算示範，我也只覺得你這人很煩耶。」

「無論是怎樣的音量，我都算是回應了妳的要求吧。只不過，如果姬野妳大叫的音量也跟我一樣小，那妳就完全沒有資格看不起我了。」

為了避免她跟我一樣小聲地大叫，我搶先封鎖這種可能性。

「煩耶……知道了啦，只要大叫一次就行了吧？叫完你就給我回去喲。」

姬野深呼吸了一下，一臉無奈地用雙手圍住嘴邊。

「哇————————！」

她的吶喊被船前進的引擎聲與風聲給掩蓋，除了我以外沒人聽見吧。

但刺激到耳朵深處，比想像中大上兩倍的叫聲響徹了周圍。

感覺船好像搖了一下……但那只是我有那種感覺，實際上不可能因此搖晃。

該說她的說話方式和態度比較壓抑嗎？她平常不怎麼起勁，音量也偏小，但剛才吶喊的音量實在誇張得驚人啊。

「啊……舒暢多了。」

姬野看來毫不在乎大吃一驚的我，她一臉滿足似的點了點頭。

「對吧？也不枉費我大叫了。」

「不對，你根本沒大叫到吧。」

她翻白眼瞪著我，這麼吐槽。

「哎……如果是在壓力正大時這麼做，應該就能順利喊出聲吧。」

「是嗎？看起來實在不像會那麼順利耶。」

「妳倒是比我想像中厲害呢。看來累積了不少壓力啊。」

「啥？我殺了你喲？」
她用相當銳利的目光瞪著我看。
就算發怒了，她也不會在動口前先動手。
「我說得太過火了。」
雖然她老實地道歉，但並沒有感到內疚的樣子。
說不定姬野這個人也具備天不怕地不怕的一面呢。
「我要回房間了。」
「好，抱歉耽誤了妳這麼久啊。」
「如果你有自覺感到很抱歉，那還算有救呢。」
姬野這麼說，回到了船內。
「我也回房間吧。」
慰勞會應該是犒賞人的場合吧，但我卻覺得異常疲憊。
感覺今天可以睡得很熟。

各自的假日

在這一趟遊輪生活中，擺脫不了每天要在哪裡吃什麼午餐這個問題。

早上跟晚上有校方貼心地準備了自助餐形式的餐點，可以免費享用。

雖然可以自由選擇是否要用餐，但因為自助餐不僅免費還非常好吃，所以大受學生歡迎，從早上七點開始到九點為止分成三次進場，以便控管人流也避免人擠人。

時間限制是六十分鐘，可以從手機預約想進場的時段。

我通常會在早上八點用早餐，但因為太慢預約，八月六日八點和九點的時段已經額滿，只好稍微提早到七點用餐。

因此在邁入正午的這段時間莫名地有一點餓。因為無人島考試時只會攝取最低限度所需的卡路里嗎？肉體一直渴望補充能量。

雖然露天咖啡廳是熱門的用餐場所，可惜餐點的費用是特別價格。如果要點搭配飲料的午餐套餐，最少也需要花費兩千點。

如果是跟朋友一起開心用餐，或許那樣也不錯，但不巧的是我今天獨自一人。

這麼一來，想要盡可能不花錢來節省是很自然的發展吧。

這時令人感激的就是小賣店的存在。

簡單來說，就是能像超商一樣輕易購買到飯糰和三明治等食物。

我立刻前往小賣店買了一個飯糰和小包裝茶飲，支付總共兩百五十點的金額後，我一手拎著塑膠袋，尋找用餐場所。

雖然也可以隨便找個休息區吃飯，但那種地方通常都有人在使用，因此需要共用狹窄的空間，這讓我有強烈的抗拒感。

如果要找即使有不認識的人在附近，也不會太介意的場所，通常都是在外面。

像這樣不斷尋找的結果，我來到了能夠環顧海洋，離船頭很近的六樓甲板。當然這裡是可以免費利用的場所，因此也很適合在小賣店買些簡單的食物，然後到這裡用餐。

我本來想一邊吃點簡單的東西，一邊眺望壯闊的海洋景色，但我挑的時段好像不太好。有很多學生都跑來欣賞這個景色，感覺無法安穩地用餐。

雖然是比較寬敞的甲板，但利用人數一多，要找個空位用餐也很費力。我環顧周圍，發現有一張空著的長椅，還有七瀨坐在旁邊另一張長椅上的背影。

她身旁放著應該是在小賣店購買的三明治與牛奶盒。

一直到昨天都是她先發現我的存在，現在卻反了過來，感覺真有趣。

除了七瀨以外還可以看到同班的伊集院、沖谷、A班的坂柳，還有龍園班的中泉和鈴木等人，有許多二年級生跟七瀨一樣邊看海邊吃午餐。

這表示結果人的想法通常都一樣。我留在原地不動，看向海洋那邊。確實，面對著這個景色用餐，吃起來一定特別美味吧。

不過——問題在於就跟有很多同年級生一樣，三年級生的人數也非常多。

雖然目前還是少數，但注意到我的三年級生們立刻開始監視著我。只不過要是在這時立刻離開，也會變成是我厭惡他們的視線才逃走。那樣恐怕會讓他們判斷這麼做有效，助長這種行為。

這麼說來，昨天七瀨好像有什麼話想說啊。我回想起因為被小橋搭話，話題就中斷了的事情，決定先跟她打聲招呼。

這也能當作我是為了找她說話，才順路來這個地方的藉口。

「七瀨。」

我呼喚她的名字，於是她猛然一驚地轉頭看向後方。

「啊，協長。」

她嘴裡似乎正好塞著三明治，她一邊小心拿著以免餡料掉出來，同時看向我這邊。

看到她慌張地咀嚼起來，讓我感到有一點過意不去。

因為我利用她來對抗三年級生，好像讓她因為多餘的事情慌張起來了。

「啊，抱歉。還是我等下再來？」

雖然我嘴巴這麼說，但以七瀨的性格來看，不可能會變那樣。

「請泥、等、西下。」

已經放進嘴裡的東西也不能吐出來，只見她急忙地吃了起來。

「咕嘟……那個，不好意思，這個，其實我……剛才在吃飯。」

雖然她的語調好像在表白祕密一樣，但用看的就知道她剛才在吃飯。

其實從發現她的背影那時起，我早就知道了。

「呃，學長找我有事嗎？」

七瀨看來還是有些慌張的模樣讓我稍微有種奇妙的感覺。

她的視線游移不定，好像無法專心跟我對話。

「噢，因為妳昨天好像也有話要說的樣子嘛。我在想到底是什麼事。畢竟那時因為被小橋搭話，就不了了之了。」

「啊～」

她的思考變遲鈍，沒有立刻接話。

七瀨稍微沉思了一會兒後，左右搖了搖頭。

「不好意思，因為我已經自己解決了，可以請學長忘記這件事嗎？」

「這樣啊。已經解決就好。」

因為七瀨也幫了我很多，如果說她有什麼煩惱，我本來打算陪她商量的，但既然已經解決，就用不著放在心上。倒不如說，最大的理由是我感受到了那種事現在根本無關緊要的氣氛。

「抱歉突然叫住妳啊。那我要回船內了。這裡的人比想像中多，感覺無法靜下心來。」

「這樣子嗎？那回頭見，學長。」

我彷彿想說的事情已經說完一樣，離開了現場。

我最後又轉頭看了一下甲板，只見七瀨面向前方，繼續吃起了午餐。

1

結果。為了尋找用午餐的場所，我前往沒什麼人的五樓船尾。這裡是昨晚跟姬野交談的場所，我已經確認過平常沒什麼人會來這個地方。

之後有幾分鐘時間，我甚至忘了原本的目的，注視著前進的船掀起的驚濤駭浪。

這時有個預料之外的人物接近我。

「你在這種地方一個人寂寞地用午餐嗎？」

「是坂柳啊。妳偶然來到這裡？」

記得直到剛才為止，她應該跟七瀨待在同一層樓才對。

「雖然想說是偶然，但其實我是追著綾小路同學過來的。」

追著我過來？不過坂柳的腳不良於行，照理說無法跟上我的走路速度。

話雖如此，但她好像也沒有讓某人先行尾隨我的樣子。

「是單純的推理。你剛才好像為了用午餐在船頭那邊的甲板現身，但看到人潮眾多，讓你打消了在那邊用餐的念頭對吧？從你手上拿的簡單餐點，還有尋求著海洋景觀一事來看，要推測你會在哪裡用餐，並非多困難的事情喲。」

這表示她完全看透了我的行動模式，才會抵達這裡的。

「原來綾小路同學也會想看著美景用餐呢。」

「雖然這裡跟船頭那邊不同，景色不能說是一流的，但能像這樣眺望汪洋大海的機會也不多嘛。」

明年的現在也未必又有無人島考試。

此外，二年級生的活動預定還有教育旅行，但詳情也依舊不明。

說不定這就是最後一次能眺望海洋的機會。

「就像這片海洋一樣，我想今後也能看見許多以前未能看見的景色喲。就這層意義來說，綾小路同學選了這所學校也是正確的決定吧。」

「是啊，我也這麼想。只不過，在進入這所學校就讀前，我曾經看過一次海洋。」

坂柳一臉意外似的有一點驚訝。不，她會驚訝或許也很正常。實際上，我一直到相當於國中三年級的十四歲為止，一次也沒有到設施外面過。

倘若知道White Room的概要，應當都會有共同的認知。

只看過一次的景色，那是在離開設施被移送他處後，短時間內有機會到外面時的事情。雖然沒有直接觸摸到海水，但我曾經走在能看見海洋的道路上。

只是對於首次看見的海洋，我並沒有深受感動。

我不過是毫無感情地進行了在外面的世界走動這個行為。

「你知道《車輪下》嗎？」

「是赫曼．赫塞的小說啊。」

在他寫的小說當中，這部作品在日本特別出名。

「那個故事的主角漢斯是個才華洋溢的天才。雖然他進入菁英學校就讀，眾人都對他的前途寄予厚望，但只活在學問裡的他沒多久便開始感到疑問。然後他為了回應別人期待的結果就是遭到挫折，一路衰退下去。」

主角漢斯．吉本拉特的下場十分悲慘，最後還墜河身亡。

「那有什麼問題嗎？」

「我實在不認為他是個天才。因為真正的天才是不會挫敗的。更遑論在最後選擇死亡，簡直愚蠢透頂。」

坂柳似乎不認為那是意外死亡，而是解釋成自盡。

「你記得我以前曾說過『人可以透過互相接觸來了解溫暖，這件事情非常重要，人的肌膚溫暖絕對不是什麼不好的東西』嗎？」

「妳的確說過這些話啊。」

記得是一年級的第三學期末，特別考試結束後沒多久的事吧。

「執筆了《車輪下》的赫塞也曾經跟主角漢斯一樣感到苦惱且挫敗。但赫塞說他之所以沒有自盡，能夠繼續向前看，是因為有家人的存在。」

畢竟作者赫塞跟小說主角漢斯的經歷好像極為相似嘛。

可以窺見那是作者將自己投射在主角身上的故事。

正當坂柳注視著海洋時，有一瞬間吹起強烈的陣風。

「啊——」

我看到她的帽子在瞬間飄起，立刻伸手接住。

「唔喔……好險。」

要是伸手的反應再稍微慢一點，帽子就會飛向汪洋大海了吧。

「謝謝你。」

「在甲板上戴帽子很危險喔。」

「呵呵，說得也是呢。但這是我的註冊商標嘛。」

坂柳將帽子拿在手上，很寶貝似的抱在胸前。

「我剛才忽然想起了讓人有點懷念的事情。」

「懷念的事情？」

「不，不是什麼大不了的事情。只是想起我也有一點在海邊的回憶。」

即使是看起來都一樣的海洋，各人也會有不同的回憶。

「話說回來，我還沒問妳為什麼要追著我過來啊。」

「我沒有任何理由就追過來，會給你添麻煩嗎？」

我原本在想她不知會說出怎樣的內容，結果她說了我根本沒想到的事。

「沒有理由嗎？」

「我只是想跟綾小路同學聊天而已喲。雖然也可以在剛才那個場所向你搭話，但你不太想讓人看見你跟我深談的模樣吧？」

也就是說她很貼心地顧慮到我的狀況。

但我並非能言善道之人，實在沒什麼話題可以搬出來跟坂柳聊。

「我可以跟你閒聊一件事嗎？」

「好。可以邊吃邊聽嗎？」

「請便。只要你願意側耳傾聽我說的話就足夠了。」

我從袋子裡拿出一個飯糰，用手撕開包裝。

「昨天一之瀨同學來找我了。」

「一之瀨她嗎？」

「是的。」

坂柳回想昨天發生的事，像在回顧似的說了起來。

2

「那個……坂柳同學，妳現在有空嗎？」

用過午餐後，我在船上甲板的咖啡廳休息，這時一之瀨同學前來訪問並向我搭話了。因為我只是一個人在喝茶，所以沒有理由拒絕她。

「怎麼了嗎？」

雖然在她開口前我就知道她要說什麼了，但我仍刻意一臉不可思議似的歪了歪頭。

「是關於特別考試時的事情……我覺得必須跟妳道歉。最終日我自作主張地行動……那個，真的很對不起！」

一之瀨同學知道藉口對我不管用，已經做好某種程度的覺悟了吧——她深深地低頭賠罪。

不，無論對方是誰，我想她都不會隨便找藉口吧。

她不小心惹怒率領A班的我，就算合作關係告吹也是無可奈何——

她應該是覺得自己做出了那般嚴重的事情吧。

「請抬起頭來，一之瀨同學。我沒有生氣喲。」

「……咦？」

「我反倒認為妳身為同組成員，確實有充分的貢獻。妳在課題中的答對率也很高，還統合原本是一盤散沙的夥伴，在殘酷的無人島生活中，妳傑出地完成了核心人物的職責。結果我們漂亮地獲得了第三名不是嗎？」

「可、可是……」

「一之瀨同學在最終日有些自作主張地行動，這點的確也是事實。但那些行動給小組帶來的損失頂多只有幾分。跟貢獻度相比之後，實在也不需要因此責怪妳。假如因為這樣跌落到跟我們只差幾分的第四名，或許多少會歸咎於妳，但也沒有演變成那種局面嘛。」

「可是，那是結果論……」

「有時只看結果論也很好不是嗎？凡事未必經常都會順利進行。假如盡全力奮戰的結果，以些微之差成了第四名的話，在精神上受到的傷害反倒還比較嚴重才對。」

我完全沒有要責怪她的態度，是否讓一之瀨同學加倍感到抱歉了呢？她始終自責不已。

「妳的表情在說如果不做些什麼負起責任，就無法心安理得呢。」

「呃，不是那樣……或許沒有不是吧。」

「既然這樣，我也可以給予妳懲罰喲？」

儘管這邊展現出的無畏表情讓一之瀨同學感到膽怯，她仍微微點了點頭。

「嗯。我想那樣子我也會覺得比較舒暢。」

「呵呵，妳真是個怪人呢。那麼，我想想——請妳在這裡坐下。」

我催促一之瀨同學來到我眼前，讓她坐到座位上。

她彷彿到別人家作客的貓一樣乖乖地坐著，我請店員準備菜單給她。

「請妳點些喜歡的東西。」

「呃……懲罰呢？」

「請妳從現在開始陪我喝大約三十分鐘的下午茶。」

「咦？這、這就是懲罰？」

「沒錯。我要收下一之瀨同學寶貴的三十分鐘，這當然是一種懲罰。」

「是、這樣嗎……不過，既然坂柳同學這麼說，我會服從的。」

雖然一之瀨同學難以認同，但她還是服從我的指示點了飲料。

「妳真的很老實呢，一之瀨同學。明明被我貶低過一次，卻絲毫不會讓人感受到那點，還願意像這樣陪我喝下午茶。」

「我不覺得自己被貶低過喲。說到底……畢竟我過去曾經犯錯是事實。」

「一般至少會想要隱瞞感到內疚、不願昭告天下的過去。縱然那是一之瀨同學所說的事實也一樣。」

我至今曾近距離看過許多優秀的人類，從小孩到大人皆有。

當然，儘管知道自己是最優秀的，也有不少讓我認同其才能的人。

相反地一點用都沒有的無能之人，大概是優秀者的好幾十倍吧。

然後無關於優秀或無能，我沒見過任何一個能夠稱為純粹善良的人類。

無論是自己的父母，或是綾小路同學都一樣。

「妳是一個難以描述的存在呢。也因此有時看起來是個非常可怕之人。」

「我……可怕？」

她這輩子一定一次也沒有被人這麼說過吧。不過，曾對一之瀨帆波同學這個人物感到害怕的人，一定不只有一、兩個。

「在這個世界生活的人，或多或少都會具備邪惡的部分。但從妳身上卻絲毫感受不到邪惡。簡直就像是善良的化身。」

「妳太抬舉我了。就像國中時期那樣，我也曾做過壞事……」

她絕對無法自豪的可恥過去，如今也作為無法消除的現實殘留著。

「我這邊所謂的善良跟那種事情沒有關係。說到底，即使妳曾經一時為非作歹，背後的原因也是無可替代的親情。」

縱然對照法律來看是罪惡，但換個角度也能視作善良。

「妳的善良是優點也是缺點。請妳小心別被人利用了。」

「妳是指龍園同學嗎？」

「不只是他。倘若為了獲勝，我和堀北同學也會利用妳的善良。」

我深呼吸了一下，為了告訴她最重要的事情，接著說道：

「還有綾小路同學也是一樣。」

包括她所說的龍園同學在內，前面提到的人都是各班級的領袖。

這時卻突然冒出綾小路同學的名字，讓一之瀨同學明顯地動搖起來。

「無人島考試最終日，綾小路同學恐怕是多虧了妳才得救的吧。」

「等、等一下？那個，這話是什麼……」

「這終歸只是我的推測。老實說也有很多不清楚的部分，所以請妳當成我在自言自語，聽過就算了。」

可以輕易想見若是在這邊追究，便能透過一之瀨同學窺見某些不明瞭的部分，但我避免這麼做。畢竟以這種形式聽說也很無趣嘛。

「只要觀察妳的言行，就能隱約察覺到妳對綾小路同學的心意跟對其他學生的感情不同。」

「咦、咦咦！沒、沒有那個……這個……沒那回事……！」

「那樣也很好吧。畢竟對特定異性抱持特別感情是身為人類的本能。不過——要是過度傾心於他人，說不定會遭到慘痛的苦果。如果對象是綾小路同學，就更不用說了。」

「我不是很明白坂柳同學這些話的意思耶。」

今天這些話是警告。現在我不會繼續深入追究。

「這個話題就到此為止吧。下午茶的時間到了。」

一之瀨同學喝了口送上來的紅茶，但她一定無法順利品嚐出滋味吧。她應該無法忘記我說的話，在腦海中揮之不去。

這是我小小的壞心眼，同時也是慈悲，而且也是戰略。

3

坂柳講完了她跟一之瀨之間這樣的交流。

就在我剛吃完飯糰，把兩百毫升的茶飲也喝光的時候。

「一之瀨同學在同年級中也是首屈一指的萬人迷，居然能擄獲她的芳心，你這人真是罪過呢。」

雖然這好像也是有些輕浮的發言，但我絲毫無法往好的方向去承受這句話。

「妳真是嚴厲呢，坂柳。」

「呵呵呵，我生性如此。」

她搶先一步保護一之瀨，而且還不忘做好自己能夠利用一之瀨的事前準備。

「要是我在這邊採取傷害一之瀨的行動，妳就會加倍受到一之瀨的信任。」

「因為如果能獲得她的信任，今後行動起來更方便。」

雖然坂柳在某方面是夥伴，但同時當然也具備身為敵人的一面。

正因為是一體兩面的關係，她很高明地活用這點啊。

「但是，妳為什麼要跟我說這些？」

「雖然剛才的話題是關於一之瀨同學的事情，但現在重點並不在那裡。重點是在這種校園生活中，知道綾小路同學的人慢慢變多這件事；還有他們對你抱持強烈興趣這件事。」

的確，無人島考試時，假如我跟一之瀨的關係依舊淡薄，她應該不會不惜給同伴添麻煩，也要趕來我這邊吧。

「隨之而來的是三年級生們也用異樣的視線在觀察你呢。」

原來如此。雖然她一方面也是為了找我閒聊才追著我過來，但正題是這件事嗎？這表示坂柳在那麼短暫的時間內就注意到我被三年級生監視的狀況。果然厲害啊。

剛才的話題是為了暗示這件事的準備階段嗎？

「你跟三年級生有什麼糾紛嗎？」

「哎，要說是糾紛也沒錯啦。我好像跟一個棘手的對象為敵了。」

「棘手的對象……是學生會長吧。」

在高年級生中感覺會成為強敵的存在，只會想到南雲這樣的人吧。

「我在無人島考試最終日跟學生會長起了小爭執。那好像導致他錯失第一名，我被當成眼中釘。」

「也就是說他本來想演出戲劇化的勝利，結果卻大意失荊州呢。」

「妳連這點都注意到了嗎？」

「高圓寺同學獨自稱霸——這是大多數人對無人島考試的意見吧。不過我很早就已經知道學生會長故意壓低得分。畢竟要是拉開太大差距，三年級全體學生打算讓特定小組獲勝的意圖會露骨地浮現出來呢。看到所持卡的流動，我也明白了戰略。」

我以為自己已經充分認同坂柳的實力，但她還是會更進一步超出我的評價。

這些話證明了她完美地掌握到無人島特別考試的全貌以及發展。

「有什麼我能幫忙的嗎？」

「不，不要緊。南雲也無法輕易做出太誇張的行動。而且無人島考試時，我也受到坂柳妳不少照顧。不能再繼續依賴妳了。」

「明明可以不用在意這些的。我很高興你願意依靠我，而且我也充分利用了綾小路同學你的提議。」

「利用？妳的意思是？」

坂柳莞爾一笑，瞇細雙眼注視海洋。

「前幾天的無人島考試，在接近終盤時，我判斷要獲得第一或第二名很困難。因為高圓寺同學和學生會長組的得分速度非常猛烈，已經超過我們組應該能獲得的最高分數。」

哎，畢竟那兩組展現出不同次元的戰鬥嘛。

「我的目標是第三名，但終盤時所存在的幾組敵人之一有龍園同學的小組。雖然是只有他跟葛城同學兩人的少人數小組，他卻展現出驚人的韌性呢。因此我決定請他協助我，去對付寶泉學弟。」

「原來如此，是這麼回事啊。」

「無論是以怎樣的形式，只要龍園同學採取偏離主要考試的行動，得分速度就會慢下來。以結果來說他退場了，變成對這邊來說最棒的發展。」

也就是說坂柳一邊幫助我，同時成功地摧毀龍園的存在。

不過，即使聽到這麼多，還是有不明白的部分。

龍園也是以前三名為目標，拚命奮戰了兩星期，卻很乾脆地協助了坂柳。

他應該不難想像到自己跟寶泉打起來的話，肯定無法全身而退。

顯然他們做了什麼約定，不過……

既然不惜捨棄拿下第三名的可能性，大概不會是一筆小交易吧。

「妳應該支付了一定的代價……例如大量的個人點數吧？」

只要坂柳巧妙地使用班上同學持有的搭順風車卡，應該也有一筆收入才對。就算她把那筆收入給試圖蒐集鉅額個人點數的龍園也不奇怪。

「我一點也沒有支付，今後也不打算支付喲。」

「也就是說不是用錢嗎？」

在這所學校，交易的常規基本上是個人點數的交換。

「雖然像是猜謎，但現在還不能告訴綾小路同學。這是他跟我之間的約定。直到不久後的將來他主動要我達成約定為止。」

坂柳曾說過：「不久的將來，他那個願望也會變成是自掘墳墓。」

這麼一想，倒也能理解龍園要的並不是個人點數這種金錢上的回報嗎？

「總之，請綾小路同學也多加小心喲。就算有一個問題解決了，White Room學生也依舊存在，而且現在還冒出三年級生的問題。」

「雖然麻煩事接踵而來，但我會盡量小心的。」

從坂柳那邊響起電話鈴聲。

坂柳稍微向我示意後，接起來自某人的聯絡。

「——這樣子嗎。我立刻前往。」

坂柳講不到五秒就結束手機通話，然後離開扶手。

「之後我跟人約了要見面，先告辭了。」

「這樣啊。回頭見。」

「很高興能跟你聊天。那麼，回頭見。」

我目送緩緩離開的坂柳，然後決定再稍微眺望一下海洋才走。

4

當日，天澤一個人漫無目的地在船內溜達。

即使有時會被同班同學搭話，天澤也是用和善的笑容敷衍過去。

她從來沒有跟誰成群結隊地玩樂過。

「真想見綾小路學長呢～」

來到甲板上的天澤用被風聲輕易掩蓋過去的聲音這麼嘟噥。天澤對其他學生不感興趣，從她的角度來看，唯一能撼動心靈的是與綾小路見面的時間，她認為只有這段時間是最幸福無比的。

不過，自己置身的立場讓她目前刻意避免與綾小路接觸。

「唔唔～無聊到小一夏我好像要死掉了……」

「妳好，天澤一夏學妹。」

二年A班的坂柳有栖向獨自一人在甲板上看海的天澤搭話。

天澤沒有特別吃驚，只將視線移向坂柳那邊。

「妳哪位？」

彷彿想說坂柳是首次看見的存在一樣，天澤一臉不可思議地歪頭疑惑。

「我是二年A班的坂柳有栖。今後還請多指教。」

「坂柳……學姊？找我有什麼事嗎～？」

「呵呵，猴戲就免了。聽說妳是White Room學生呢，天澤學妹。妳當然也很清楚我的事吧？」

White Room學生——一聽到這個詞，無論是否願意都不得不理解。

「哦～原來如此呢。綾小路學長拜託的是理事長的女兒呀。妳好像也知道一些關於White Room的事情，要說這是必然或許也沒錯呢。然後呢？」

天澤毫不驚訝地詢問坂柳來意。

「想要確認他感到掛心的White Room學生的實力，是很自然的事情。」

「妳幹勁十足是很好，但妳這麼做有取得綾小路學長的同意嗎？」

「同意？不需要那種東西喲。在這裡出現是我個人的意志。」

「有栖學姊是個挺有自信的人呢。」

「因為我相信自己具備那樣的實力。」

「真帥耶～」

儘管嘴上這麼稱讚還拍手，但天澤看起來心不在焉的樣子。
「可是對不起喲～現在的我心情有一點感傷。那種事可以等下次再說嗎～？」
「無所謂喲。畢竟我今天原本就只打算來碰個面而已。」
只打完招呼就心滿意足的坂柳微微低頭致意，準備離開現場。
「啊，還有一件事，有栖學姊。妳派人監視我這件事，可以到此為止吧？」
坂柳在發現天澤後，直到天澤一個人獨處的期間，派了幾名A班學生隨時掌握她的位置。
「我有指示他們要小心別被看見，但還是被妳發現了嗎？」
「啊哈哈哈，他們那樣就以為自己躲起來啦？真可愛呢。」
「讓妳感到不愉快這點，我向妳賠罪。不過就如妳所見，我的腳不良於行，因此不那麼做的話，就很難找到妳的所在處並來見妳。請多見諒。」
「啊，我有件事想問妳～我這個人就算面對身體殘疾之人也會不客氣地痛扁一頓，沒問題嗎？」
「雖然暴力是一種強大的手段，但未必是最強喲。」
坂柳這麼說，咚咚地用拐杖輕輕敲了兩三次甲板。
那似乎是一種暗號，只見她的同學神室在遠處現身。
「是一直跟在我後面的學姊呢。難道那個學姊能跟我抗衡？」

「並非那樣。我的意思是野蠻的行為馬上就會洩漏出去喲。」

「意思是妳想跟我鬥智？真是笑死人了。」

「妳還真是武斷呢。請妳不要妄下結論。說是White Room學生，但除了綾小路同學以外，終歸是些失敗案例吧。雖然我原本就沒有過度期待。」

這時天澤的視線首次變銳利起來，她看向坂柳。

「也就是說無論是怎樣的舞台，都會確實地分出勝負。」

「哦。就算是剛才說的暴力也一樣？」

首次對坂柳感興趣的天澤舔了一下自己的拇指。

「對，當然。無論是什麼手段，都請儘管使出來吧。」

「我會記住學姊這個人的。」

「如果能烙印在妳的海馬迴，那還真是令人開心。那麼，請多保重。」

坂柳緩緩地離開，天澤在變得空無一人的甲板上歇口氣。

「就算沒有綾小路學長，說不定也能找到些樂趣呢。要捉弄櫛田學姊為樂，還是觀賞有栖學姊的哭臉呢……倘若是平常，應該會覺得雀躍期待吧～」

天澤伸手輕貼著疼痛的腹部，思考今後的事情。

「——暫且先靜觀其變嗎？」

還得花上一些時間，才能做好萬全準備。

而且不先觀察對方會怎麼做的話，天澤也無法採取行動。

另一方面，坂柳與神室離開現場，回到通道上。

「那個一年級感覺很不妙呢。」

「哎呀，看得出來嗎？」

「隱約有那種感覺啦。畢竟也跟妳相處很長一段時間了，說不定因此具備奇怪的感覺。老實說，我不想繼續跟她有所牽扯。」

「請妳好好珍惜那種感覺。話雖如此，但在某種程度上，還是應該先監視她的行動比較好呢。」

雖然被天澤忠告不要監視她，但坂柳根本不打算聽進去。

倘若知道這邊還是糾纏不休地盯著她，天澤也會無法忽視。

如此一來，可以想見她會以接受挑釁的形式主動出擊。

「天澤已經發現我在尾隨她了吧？要派橋本嗎？」

「如果是他，即使被發現或許也能巧妙地脫困，不過……」

隨便讓他與White Room學生接觸，之後可能會因此吃虧。

「這段時間辛苦妳了，真澄同學。」

因為自己的職責已經結束，神室立刻離開了現場。

之後坂柳拿出手機，打了一通電話。

「可以繼續麻煩妳嗎？」

她用手機委託通話對象繼續監視天澤，最後補充這麼一句話：

「果然在班上最可靠的人，好像還是只有山村同學妳。」

各自的成長

在豪華遊輪上不斷更新寶貴體驗的暑假生活，很快地過了一半。

盡情享受剩餘期間的學生們從未這麼奢侈地花錢如流水。對計畫往上爬的學生們而言，這種情況或許讓他們感到傻眼，但在短暫的休息期間內揮霍絕非只有壞事。

在消除累積的疲勞，恢復活力的同時，能夠獲得欣快感與幸福感。

雖然做了擁護這種行為的發言，但我也沒花半毛微薄的個人點數，所以聽起來或許只像是藉口吧。

換上泳衣打開門之後，空無一人的大型游泳池闖入我的眼簾。這艘豪華遊輪上有任何人都能免費使用的大型游泳池設施，但還設置了另外一座游泳池。那是一座可以包場盡情玩樂、被稱為私人游泳池的泳池。雖然六十分鐘要價兩萬點的使用費並不便宜，但能夠只跟親密的朋友一起度過的時光比金錢更具價值。而且包場一次最多可供四十人使用。假如整班一起包場，平均一個人花五百點就能使用。

因此這座私人游泳池出乎意料地大受學生歡迎，從早上八點到晚上八點的開放時間，幾乎都已經預約額滿。

在有許多人湧入的大型游泳池，想要自由自在地游泳也很困難；但如果是私人游泳池，因為足夠寬敞，無論要做什麼都不會給人添麻煩，能夠盡情享受。

「唔喔，好大喔——」

遲了些才在游泳池邊現身的明人有些興奮地說道。雖然尺寸跟免費開放的游泳池一樣，但看起來非常大，想不到包場可以讓規模有這麼大的變化。

「啟誠呢？」

「他說要先上個廁所才來。至於女生應該沒那麼快好吧。」

事到如今根本用不著確認，女生不會像男生一樣在短時間內就換好衣服。

明人不經意地拿起放在沙灘椅旁的菜單。

「唔喔……比另一邊貴耶。」

私人游泳池的飲料價格比免費游泳池的貴上將近一倍。考慮到點餐數量相對於負責準備餐點的人員數，這價格或許是理所當然，但實在很不親切。表示在這裡也會毫不留情地榨乾學生的錢包。禁止帶外食進入這點也設想得十分周到。這時，通往更衣室的門扉稍微打開了一點。

我們幾乎在同時轉過頭去，但沒有人影要從門後現身的樣子。

取而代之的是有說話聲傳入耳中。

「欸，愛里妳在做什麼呀，快點出去啦。」

「可可可可、可是可是！很、很難為情耶，小波瑠加！」

「難為情什麼呀。妳都上傳過那麼多難為情的照片到網路上了，這沒什麼吧？」

「那、那又不是直接被看見！」

「就我來看，那樣子反倒比較難為情呢。好啦好啦。」

「哇！慢點慢點！」

波瑠加與愛里正在進行這種難以言喻的對話。

「該怎麼說呢，有一種美叫做看不見之美對吧。」

明人出乎意料地這麼說道。

「怎樣啦。」

「我在想原來明人也會想入非非啊。」

「我說啊……男生會這樣很正常吧？雖然不會像池他們那樣平常沒事也隨便說出口啦。你也一樣吧？」

他用有些傻眼的視線看向我，同時散發出不允許我否定的氣氛。雖然不是因為察覺到這種氣氛的關係，但我明白明人也是鼓起了勇氣才這麼發言。

搞砸這種氣氛也非上策，因此我老實地承認。

「哎，是啊。」

我這麼回答，於是明人感到安心似的稍微笑了。

「要是被女生聽見，大概會被碎唸笨蛋之類的吧。」

雖然明人平日經常擺出撲克臉，態度比較穩重，但從他變得多話這點來看，也能明顯看出他感到緊張期待的模樣。

不過兩個女生似乎還在爭論，遲遲沒有出來。

「很難為情耶！」

「我說呀！這邊也是一樣的心情呀！」

「小小……小波瑠加的打扮非常大膽呢。」

「還不是因為妳跟我約好只要我穿上這個，妳就會在大家面前露面！」

「呀嗯！」

一直等著女生登場的我們，陷入某種彷彿被折磨得半死的狀態。

「她說很大膽耶。」

「好像是呢。」

內心湧現一種期待感，還伴隨著有些害羞的心情。

當女生出來時，該把視線看向哪裡，對她們說什麼話才好呢？

「不行不行！至、至少讓我去借一件外套什麼的！」
「不能那樣啦！喂，別逃跑！」
「唔唔，穿這種泳裝果然還是很難為情耶，小波瑠加！」
「這點我也是一樣喲？我都無可奈何地陪妳一起穿啦！」
「又不是我主動拜託妳的～！」
雖然我們一直引頸期盼女生的登場，但她們的爭執好像還會持續一陣子。
「欸，綾小路。你對愛里是怎麼想的？」
明人直到剛才都是將視線看向女生那邊，但當我回過神時，發現他在看我。他應該不是隨便說說的吧。
「怎麼想是指？」
雖然我立刻就理解了話題的發展，但我刻意貫徹完全不知情的態度。
「男女混合的小圈圈會有一點複雜對吧？該說無論誰喜歡上誰都不奇怪嗎……」
雖然要回答這個問題並不困難，不過——
「你呢？」
我試著這麼反問，於是明人露出有些傷腦筋似的表情。
「哎，說得也是啊。」

稍微沉默一會兒後，明人開口說道：

「要說完全沒有，或許會變成謊言啊。」

他沒有否定自己有那樣的存在，用像是承認的說法回答。

「但是，如果這個小圈圈可能會因此崩壞，我不打算硬要說出來。」

也就是他打算悶在內心置之不理。雖然現在的我無法判斷那個存在是波瑠加或愛里……但在這邊該怎麼回答他才是正確答案呢？

這跟數學不同，並非代入公式就能導出確實的答案。

「清隆，你——」

「呀啊啊！」

正當明人想說些什麼的時候，原本半開的門氣勢猛烈地打開了。然後愛里身體向前傾地跑了出來。就在聽見有人大聲喊叫時，我跟明人再次四目交接。

「妳、妳竟然推我，太過分了，小波瑠加！」

「誰教妳不趕快出去呀。」

波瑠加這麼說，在愛里登場後也隨即露面了。

「喂、喂喂……」

明人露出一臉驚愕的模樣，但不用說我也是一樣的心情。

該怎麼說呢，她們兩人都穿著令人難以置信的大膽泳裝。

假如這不是私人游泳池，她們應該會不分男女地受到眾人注目吧。

波瑠加立刻將視線上移，看向我們。

總覺得盯著她們看有種犯罪的氛圍，我跟明人同時隨便看向一旁。

不過，像是立刻有什麼感到在意的事情，明人依舊看著其他方向，開口說道：

「愛里給人的印象好像變很多耶？」

真希望他別在這時拋話題給我，但明人也處於相當煎熬的狀況吧。

「是啊。感覺變得很會打扮。」

「對，就是你說的那樣。」

就在我們陳述著對愛里的感想時，波瑠加露骨地擺出一臉遺憾的表情。

「老套又平凡的感想。」

「別這麼說啦。哎呀，實在太過吃驚，想不到要講什麼啊。」

關於詞彙能力急遽下降的部分，希望波瑠加務必諒解。

「……我去游泳一下。」

似乎是她們兩人造成的刺激過於強烈，明人這麼說並背對兩人，草草結束暖身運動後，便跳進了游泳池。明人濺起水花，在只有他一人的游泳池裡向前游。我可以理解被那種想要逃離現場的感覺侵襲的心情。正因為是私人游泳池這種平常不太會體驗到的環境，要是被迫目睹眼前這兩人的破壞力，就會變得無法逃脫。

一方面也為了驅散各種煩惱，像那樣用游泳來逃避是正確的決定。

話雖如此，但兩個男生突然卯足全力去游泳的話，氣氛顯然會變得不對勁。這邊只能由我化為肉盾，繼續與兩個女生對峙吧。

該怎麼做呢……我稍微窺探兩人的樣子，只見愛里忐忑不安似的漲紅了臉。看到那樣的愛里，波瑠加很開心似的繞到她背後，抓住她的雙肩。

「呀！」

「好啦好啦，小清，脫胎換骨的愛里如何？」

波瑠加這麼說，將愛里一把推向前面。我們的距離原本就很近，這下更是逼近到一個搞不好會肌膚相觸的距離。沒那麼簡單，那氣勢彷彿要實際碰觸到我。我在別人看不出來的範圍內往後退，保持千鈞一髮的距離。

「哇、啊……」

無論哪邊都因為穿著泳衣而露出大部分的肌膚，因此要是隨便碰觸可能會出事。

愛里實在忍受不了這種狀況，像要逃避似的開口說道：

「我、我也進游泳池好了！」

「等一下，愛里——」

雖然波瑠加伸手試圖抓住愛里，但來不及抓住她的手。

接著愛里就縱身一躍，跳進游泳池……原以為會這樣，但愛里牢牢地握住不鏽鋼扶手，慢慢地進入水中，這行動實在很像她的作風。

「真是的。明明我也一樣超難為情呀……」

我想也是。

強調胸口的設計不用說，最重要的是下半身的泳裝面積顯然很小。

雖說用綁繩緊緊打結了，但那面積還是小得讓人不安，深怕發生什麼萬一。

「我姑且先說一下，是愛里選了這件誇張的泳裝喲？」

「雖然剛才想吐槽也不敢開口，但究竟是怎樣的經過？」

原本波瑠加就不是喜歡在別人面前露出肌膚的學生。

然而現在這種強調胸部和下半身的程度實在不尋常。

「經過、經過是嗎……」

雖然她有一瞬間露出似乎很複雜的表情，但她一邊挑選用詞，一邊開始說明。

「這該怎麼說呢，算是陪愛里壯膽？」

「什麼意思？」

她實在慎選過頭，我也無法理解其含意。

「意思是她也拚命地想要改變。而且我也一樣。雖然自己這麼說也很怪……但我不是有比其他女生稍微引人注目的地方嗎？」

雖然她講得很模糊，但那肯定是指讓人眼睛不知擺哪裡好的那個吧。

「就算知道只要別在意就好，還是會覺得那種視線讓人很不愉快。」

雖然能理解她的煩惱，但從男性心理來說，要無視那個是極為困難的事。

無論如何都沒辦法避免眼睛飄向那邊。

「為了讓愛里鼓起勇氣，我選了有點大膽的泳裝，結果她回我只要我也一起穿她就同意。」

這回應還真是高明。如果是波瑠加，能輕易想見她拒絕穿搶眼泳裝的模樣。

這樣愛里就能回嘴「如果波瑠加不穿，我也不穿」。

「畢竟我也不能在愛里改造計畫的第一步就受挫。我這人就是倔強嘛。」

也就是說因為波瑠加答應了自己提出的條件，讓愛里也無法逃避了嗎？

「而且我跟愛里雖然不敢在另一邊的開放游泳池穿這樣，但如果是這邊倒還好。」

看來正因為在場的是跟她們感情很好的三個男生，才勉強能夠實現這個計畫。

儘管如此，她們還是會覺得很害羞這點，即使是男生也能輕易想像到。

「……忍不住會盯著看？」

波瑠加與其說是有些害羞，不如說像要掩飾厭惡感似的這麼問我。

「哎，就算妳叫我不要看，老實說也有點困難。」

說到底，畢竟在交談時就會映入視野之中，這也是無可奈何。

如果要避免映入眼簾，只能看向正上方或正下方，或乾脆背對著她。

「這樣呀。我以為自己明白女生跟男生的差別，但還是不懂男生的心理呢。」

對於胸部、腰部和下腹部的好奇心的差異，男女之間是無法互相理解的。

不，不該說是男女之間，畢竟每個人的好奇心強度不同，自然不可能理解。

「咦？話說小幸人呢？」

「他好像還要一點時間。」

肚子痛拖了很久嗎？他一直沒有要出來的樣子呢。

「是哦～？」

波瑠加似乎只是隨口問問，她看著其他方向這麼回應。

對話暫且中斷，陷入短暫的沉默。

「……啊～不行，果然還是會想很多。」

「抱歉。雖然我盡量避免去看了。」

但看著對方的臉說話時，無論如何都會映入眼簾。

「不是那樣的。小清沒有做錯什麼。說到底，我也知道是我太自我意識過剩了。也知道你不是因為喜歡才盯著看的。」

咦，不……倒也不能說不是因為喜歡才盯著看。

但這句話就留在心底吧。

「顯眼的事物會受人注目。不論什麼都是這樣呢。只不過一想到受注目的對象是自己，無論如何都會覺得不舒服呢。」

這表示以波瑠加的情況來說，不光是男生的視線而已。即使是只有同性的聚會，她也不希望大家的視線都集中在自己的胸部上。

「對不起，我想還要花一些時間才能讓精神狀態穩定下來。」

「沒關係。妳覺得受不了的話，去換件衣服就行了。」

「那可不行。只要愛里還在奮鬥，我也不想自己先讓步。」

她好像說過這是愛里改造計畫啊。可以感受到她有些想法。

「讓我換個話題吧。現在才說這些可能太慢了，但是小清的無人島考試結果好像千鈞一髮呢。」

因為這幾天綾小路組一直沒機會聚在一起，所以波瑠加用雖然晚了些的感覺提及這個話題。

正因為是完全無關的話題，說不定很適合現在聊。

「哎，但我們也是差不多的結果，所以笑不出來就是了。」

「老實說，因為考試真的太嚴苛了啊。拚命奮戰後的結果就是那樣。抱歉啊。」

「根本不用道歉呀。應該說我反倒有點安心了嗎。」

波瑠加短短吐了口氣，看向笨拙地想游泳的愛里。

「安心？明明結果慘到不行耶？」

「你想想，因為數學滿分那件事，還傳出小清這人其實很不得了的傳聞。這下那些傳聞也會稍微平息下來了吧？奇怪的壓力只會讓人感到厭煩對吧。」

看來她似乎是考慮到我的將來才這麼發言。

「果然小清跟其他男生比起來，有些地方就好像聖人一樣呢。」

「妳是看到什麼才這麼想？」

正因為覺得她太過抬舉我，才有這樣的疑問。

我也跟一般人一樣具備性慾和對異性的好奇心。

「像是表情或視線之類的。感覺你那種行為比其他男生少。」

這該怎麼說呢，因為感覺在這邊露出那種表情，好像會在很多方面讓人不敢領教嘛。還有值得慶幸的是有其他人負責扮演慌張的角色。這應該算是加乘作用吧。

「唔喔……」

遲了些才換好泳衣的啟誠一現身就發出驚訝的聲音。
那是看到包場的私人游泳池的感想……很顯然並不是這樣。
他是看到站在我旁邊穿著大膽泳裝的波瑠加，才發出那種聲音的吧。
「哩厚哩厚。」
這是為了保持平常心嗎？波瑠加擺出裝傻的表情和聲音，向啟誠打招呼。
「喔、喔……」
啟誠將差點滑落的眼鏡推回原位，視線看向另一頭。
這表示平常總是在念書的啟誠也是個出色的男生吧。
男生的反應與逃避方式都一樣這點，也表現出這個小圈圈的風格啊。
如果是龍園或高圓寺那種類型，一定會展現出不同的反應吧。
「那麼……我也去游泳一下吧。」
他像是要逃到一直用猛烈氣勢在游泳的明人那邊一樣，跳進了游泳池。
無法順利游泳而站在游泳池裡的愛里朝波瑠加揮手。
「小波瑠加也過來這邊嘛～感覺很舒服喲～？」
「好、好，我這就過去。等我一下。」
真沒辦法呢——波瑠加用這種感覺在我旁邊做起暖身體操。

「自從在無人島考試一起奮戰後，感覺妳們感情變更好了呢。」

「這是當然啦？因為從上到下共有了很多東西嘛。」

「哇啊，那有點難為情耶，別說出來！」

在游泳池畔看著這邊等待的愛里慌張地濺起嘩啦嘩啦的水花。

上？下？是很常見的關鍵字，卻又意味深長的關鍵字。

「該怎麼說呢，雖然愛里基本上不可靠，但又無法丟著她不管。是摯友也是妹妹——大概這種感覺？」

剛相遇時難以想像她會有這樣的發言。但這也並非僅限於波瑠加。

啟誠也是如此；縱然沒有太大的變化，但明人也是一樣。

1

之後跟小圈圈的夥伴輪流在游泳池玩樂，盡情享受。

玩了二對二的沙灘排球後，目前正在玩先得五分者勝的一對一沙灘排球。一開始是啟誠與愛里的對決，啟誠以五比二獲勝。然後是我跟明人對決，明人以五比三獲勝。沒什麼體力的愛里好像比完一場就累了，她坐在游泳池邊休息，我看準時機向她搭話。

「妳好像挺開心的嘛。」

「啊，清隆同學。嗯，我非常開心喲。雖然根本不是對手……」

她不知為何打算站起來，因此我制止了她，並主動在她身旁坐下。

「老實說我還在吃驚。想不到愛里會以這種方式鼓起勇氣。」

「這是……嗯。我想說試著大膽一點……雖然現在也非常難為情就是了。」

「為什麼妳會想要鼓起勇氣呢？」

應該不會單純是心血來潮吧。

「這次無人島考試，小組成員幾乎二十四小時都會待在一起不是嗎？所以我跟小波瑠加互相聊了很多事。像是小時候的事，國中時的事。還有進入這所學校之後，到變成好朋友為止的事。」

倘若時間很多，只靠小小的閒聊很快就不知道要講什麼了。既然如此，就算聊起深入的話題，也不奇怪。恐怕是因為共有了濃密的時光，兩人才會彷彿從以前就認識的摯友般理解了彼此的事情吧。

「我在想如果是現在應該能改變……應該只有現在了吧……」

「能改變？那應該不是只有指外表吧？」

「嗯。雖然還不能清楚地說出來……但我開始覺得自己必須改變，必須有所成長才行。就憑念書跟運動都不擅長的我是不行的。」

儘管滿臉通紅地感到害羞，愛里仍這麼表明了決心。

「首先就是從改變儀表做起嗎？」

「故意讓自己不起眼並不好——我被小波瑠加這麼罵了。」

愛里原本就是不喜歡引人注目的個性。

所以才會維持比較保守的髮型，戴上沒必要的裝飾用眼鏡在生活。關於姿勢方面也是經常駝背，盡可能避免抬起頭。雖然學業和運動都無法一朝一夕就展現出成果，但能夠端正儀表。愛里注視著游泳池，只見正好是明人在新一場比賽中把球丟向水面，從波瑠加那裡拿下一分的場景。

這下就是明人以三比一大幅領先。

「太晚了……嗎？」

道出一切的愛里一臉不安地抬頭仰望著我。

「不，不會晚。」

我想老實地稱讚她做出這個決定的勇氣。

「我支持妳。」

「謝、謝謝你，清隆同學。我會加油的。」

「啊～對了對了，我剛才忘了說～愛里改變形象這件事目前還要保密喲。因為要等第二學期開始才秀給所有人看。」

在大家齊聚一堂的教室公開比較好吧。反正都會緊張，次數能少則少。

「那麼小幸看到愛里這樣，覺得如何？」

輪到發球的波瑠加停止動作，向觀看比賽的啟誠拋出話題。

「別、別問我啦。」

「不問怎麼會知道呢？讓我聽聽你直言不諱的意見。」

聽到波瑠加這麼說，啟誠直視愛里，仔細觀察她全身上下。

這當然會讓人覺得害羞吧，愛里試圖逃跑。

「不可以逃避喲，愛里。」

波瑠加拚命按住邊低吼邊雙腳亂踢的愛里。

然後啟誠觀察完畢的評價是……

「……應該、還不壞吧？倒不如說，哎呀，很有型……」

平時對女生沒什麼興趣的啟誠害羞地這麼回答。

「喔，既然小幸這種反應，看來沒問題呢！」

波瑠加彷彿自己被稱讚一樣高興，在那個瞬間高高地跳起。

然後朝視線被吸引到愛里那邊的明人使勁發球。

「唔哇！」

「得～一分！這下就是二比三！」

「妳太奸詐嘍，波瑠加。」

「要怪小三看女生看入迷了吧。切勿大意，切勿大意。」

「別強人所難啦。不過……只是拿掉眼鏡稍微換個髮型，女生就會有這麼大的變化嗎？」

「這表示她原本的底子就很好。你連這種事也不知道？」

「就算妳這麼說……對吧？」

明人跟啟誠互相對望，同時點了點頭。

「哎呀哎呀。不過，因為你們就是這樣，我也才能無所顧忌地跟你們相處。」

明人甩開煩惱，專注在自己的發球上。

因為他們繼續開始比賽，愛里悄聲地低喃道：

「要怎麼做，學業才會進步，或者該說怎樣才會變聰明呢……」

雖然愛里他們平常就會為了考試準備對策，但基本上沒有舉行像堀北或須藤那樣從根本打好基礎的讀書會。要提升學力，這個部分是不可或缺的吧。

聽到關於學業的事情，啟誠積極地開始說明：

「首先要從弄清自己會的地方跟不會的地方做起吧？假設把小學一年級當成起跑點，一開始大家都是並排起跑的。但是會漸漸分成擅長念書跟不擅長念書的人，妳知道這是為什麼嗎？」

「呃……」

「每個人的學習能力和吸收能力都不一樣，而且專注力也不同。有人連一分鐘都沒辦法忍耐，但也有人懂得隨機應變地控制專注力，撐過一小時的上課時間。光是這樣也會讓學習能力出現差距，還有在課堂以外有多用功也是很重要的因素。」

「這個嘛，嗯。會上補習班的同學們確實都很聰明。」

雖然這是理所當然的事，但愛里像是能理解似的點了點頭。

「喝！」

波瑠加沒能接住球，明人獲得第五分。結果是明人以五比二獲勝。

「好耶～這下就是我贏了。」

「真不甘心～但我有點在意他們兩人聊的話題，沒辦法集中精神，所以才會落敗呢。」

波瑠加一邊這麼分析跟找藉口，同時也來到游泳池邊。

「小清教愛里念書如何？」

波瑠加順著話題這麼提議。

「不好意思，但我不擅長教人念書。而且我們身邊就有個教人念書的專家吧？」

我像在催促似的讓看往這邊的視線轉向啟誠。

「哎……如果愛里同意，我倒是無所謂啦。」

「呃，可是，我跟明人今後也打算拜託小幸教我們念書嘛。如果讓水準不同的愛里也加入，教起來會很辛苦吧？」

「唔，也就是說我太笨了對吧？……唔唔。」

「啊啊，不是、不是！我不是那個意思！」

「呃，但聽起來就像是那個意思喔，波瑠加。」

明人無法幫忙說話，摻雜著嘆息這麼低喃。

「我只是想，所以說……啊啊真是的，對不起，我說得太過火了！」

波瑠加深深低頭向愛里道歉，與此同時有兩顆球體大幅度地——

呃，還是別盯著看吧。專注力會全部被轉移到那上面。

然後一行人都笑了起來，現場氣氛也緩和下來。

「好。那接下來就換愛里與啟誠來一場雪恥賽吧。」

「咦咦，就憑我不管比幾次都贏不了的啦～！」

「我也會以幫手身分參戰，妳大可放心喔。」

「等、等等，明人。那樣的話這邊不是壓倒性的不利嗎！」

雖然嘴上這麼抱怨，但啟誠老實地進入游泳池裡面。他這方面很認真啊。

「我、我會加油的！」

獲得明人這個可靠夥伴的愛里，擺出小小的勝利姿勢。

我跟波瑠加決定從游泳池邊守望這場嶄新的二對一之戰。

「我說呀，我可以問一下嗎？」

「嗯？」

比賽開始後沒多久，波瑠加維持雙眼看著比賽的姿勢，這麼詢問我。

「如果不是我的錯覺就好了，但小清對愛里是不是有些冷淡？」

「我沒那個意思。」

「可是呀，那你可以一對一教她念書吧。這點事情你辦得到吧？」

如果是辦得到或辦不到的二選一，是可以辦到沒問題。

「總覺得你對愛里不太公平呢。」

「我無論對誰都是一視同仁。」

「真的嗎？」

「除了做樣子以外，我沒有真正偏心過誰。」

「……你的意思是就算對摯友或女友，也會一樣公平對待？」

「是啊。」

「總覺得你那樣有點奇怪耶？該說距離感很遙遠嗎。都這種時候我就直說了，小清從之前就一直保持距離在看著我們吧？」

看來這方面的事情，波瑠加似乎也感受到了。

「再說我們也沒見過你的笑容。」

她這麼說並伸出右手，捏了捏我的左臉頰。

她一邊調整力道一邊拉扯，玩弄著我的臉頰。

「至少希望能讓小清笑的人是我們呢。」

「我並不是刻意不笑的。」

波瑠加的指尖放開我的臉頰，她一臉不滿似的雙手抱胸。

「我不直接教她還有別的理由。愛里跟我的距離從一開始就太近了。」

「那什麼意思？」

「我認為可以讓她成長的不是我，而是圍繞在她周圍的環境。」

「周圍的環境？」

「有波瑠加、明人還有啟誠在。對愛里而言最重要的要素是在摯友圍繞下逐漸成長。實際上愛里現在也多虧有波瑠加，正準備做出很大的改變。」

「我倒覺得對愛里而言最重要的是小清呢。」

「如果她是會因為戀愛成長的類型，或許那也是一個辦法吧。」

「雖然之前就聽說過小清已經察覺到愛里的心意，但該怎麼說呢，你那種說法好像有一點殘酷……」

波瑠加自己似乎也不曉得該怎麼形容，她用複雜的眼神看著我。

「從一年級時起，愛里就一直對我抱有很大的好感。這讓我覺得很開心。只不過——」

簡直就像自己是在等待對方回覆告白的少女一般，波瑠加看似不安的眼神望向了我。

愛里的戀情。波瑠加無庸置疑地是能夠真心幫愛里祈求戀情實現的摯友。

「愛里現在需要的是能夠信任的朋友們。」

「可、可是呀，其中摻有戀愛要素也無妨吧？這樣她說不定能更努力。」

「確實會有加乘作用也說不定。」

只不過麻煩的是戀愛基本上不是能同時腳踏多條船的東西。

基本上只有一個人的座位，想要迎接第二個人時，必須採取捨棄第一人的行動。當然，時間管理大師要同時腳踏兩三條船也並非不可能，但在這所環境封閉的學校裡，不得不說並不適合那麼做，而且事情暴露時的負面影響要嚴重太多了。我從游泳池邊站起身。

「接下來愛里會稍微受到精神上的打擊。波瑠加，妳到時候要比任何人都更加關心，在愛里

身旁鼓勵她，幫她振作起來。」

「那什麼呀，什麼意思？」

「不好意思，我現在不能回答妳。」

愛里在班上是價值最低的存在。

學力＋身體能力＋除此之外的要素。綜合來看讓人不得不做出這樣的判斷。

這不只是ＯＡＡ的評價，就我個人的感想來說也是一樣。

只不過，現在愛里正準備有所改變，雖然步調緩慢，但會逐漸成長；這都要看愛里的努力。會是半年後，或一年後呢？說不定屆時她已經脫離了班上的後段排名呢。

2

私人游泳池的時間轉眼間就迎向尾聲，我們開始換衣服。

因為工作人員要打掃，再加上到下一批預約者前來為止的時間也是固定的，所以無法延長。

我們三個男生迅速地淋浴，換好衣服後離開了私人游泳池。是因為女生跟男生不同，換衣服也比較花時間的關係嗎？沒看見她們的身影。

「女生好像還沒好啊。」

因為我們沒有討論之後要怎麼辦，所以決定等女生們出來。

「綾小路學長！」

「嗯？」

才心想有個視線看向這邊，原來是七瀨。

今天也更新了紀錄，在船上每天都會與七瀨碰面。

「我在特別考試的筆試時請七瀨協助我尋找搭檔。而且七瀨在無人島也幫了我好幾次。」

「是哦？那她是個挺厲害的女生呢。」

明人感到佩服似的點了點頭，稍微舉起手向七瀨打招呼。啟誠也跟進。

難道私人游泳池的下個預約者是七瀨嗎？雖然我這麼心想，但……

「我只是碰巧經過這裡而已。」

七瀨彷彿要否定那種想法一般，說她只是偶然經過。

「這樣啊。」

「打擾各位也不太好，我先告辭了。」

這附近學生能玩樂的場所，就只有私人游泳池而已。

實際上七瀨雖然離開，那她為何會在這裡現身？我猜不透她的目的。

不——都到了這種地步，要用單純的偶然來解釋，實在過於樂觀了嗎？
七瀨好像在某種程度上掌握到我的行動，逐一在確認我情況的樣子。
只不過，我並沒有從中感受到惡意。
既然如此，她的目的是什麼？
這時中泉與鈴木走過我們三人面前。
即使看到這景象，其他兩人好像也沒有感受到任何異常變化。
「怎麼啦？綾小路。那兩人怎麼了嗎？」
「呃……我在想他們打算上哪去。」
「啊～的確。這前方沒什麼特別的吧。他們應該是迷路了吧？」
這前方不存在任何特別的設施。雖然迷路也不是不可能的事情，但……
說到底，沒有人會因為私人游泳池以外的目的造訪這層樓。
他們跟七瀨一樣，在一般人不會經過的地方走動。
這麼說來，昨天我也在接近船頭的甲板上看到了七瀨與中泉他們啊。
「不過愛里也真辛苦呢。感覺好像很多勁敵。」
「什麼意思？」
明人在我身後低喃，於是啟誠這麼吐槽。

「不，沒什麼。」

七瀨離開後，過沒多久兩個女生就換好衣服出來了。

「玩得很開心呢，小波瑠加。」

「對呀。如果都是自己人，到游泳池玩或許也不壞。」

兩個女生似乎非常滿足，換完衣服後也始終笑容滿面。

波瑠加應該很在意我剛才說的話吧，但她不露聲色。

「啊……」

正當所有人都到齊，準備離開私人游泳池時，疑似下個預約者的人物現身了。

「怎麼，接下來是池啊？」

「喔、噢，對啊。因為只有預約到這個時段。」

「你應該不是一個人吧？是跟須藤他們約好？」

明人感到不可思議似的看向池的後方，但沒看見人影。

「啊～不是，呃……」

池不知該怎麼回應，看起來有些慌亂的樣子，在他的視線前方捕捉到什麼。

「抱歉，久等了！」

「怎麼，還真稀奇耶，篠原跟池居然會一起來玩。其他人呢？」

明人跟啟誠都絲毫不覺得可疑，若無其事地這麼詢問。

當然波瑠加跟愛里似乎立刻察覺到了，儘管有些驚訝，仍推著男生的背後。

「好啦好啦，別管那麼多了，我們玩我們的吧。」

「啥？怎麼突然這麼說啊。」

「皐、皐月，我們走吧。」

「嗯。」

池像要逃跑似的拉起篠原的手，兩人前往私人游泳池的服務台。

因為時間是固定的，他們沒空在這種地方摸魚吧。

「皐月？」

聽到池稱呼篠原的名字，還有看到兩人感情很好地手牽著手消失到各自的更衣室，明人才總算察覺到兩人的異常變化。

「那兩個人……咦，什麼時候開始的？」

「什麼啊，這是怎麼回事？」

雖然啟誠至今還沒理解到情況，但波瑠加立刻單刀直入地說明了。

「這表示他們開始交往了吧。」

「妳在說什麼啊。池跟篠原水火不容吧，那兩個人為什麼會交往啊。」

啟誠認為互相討厭的人不可能會交往，一臉認真地這麼否定。

「小幸雖然聰明……卻是個笨蛋呢。」

「他們一開始可能互相討厭，但之後慢慢拉近距離了吧。畢竟最近他們好像一直很在乎對方呢。」

因為女生對這種戀愛話題比較拿手嗎？愛里也一副理解似的點了點頭。

「對呀。但沒想到他們好像真的開始交往了，讓我大吃一驚。」

「……是、是這樣嗎。池跟篠原？……不，果然我還是無法理解。」

終於掌握到狀況的啟誠，一臉驚愕地尋找著那兩人已經看不見的背影。

3

「哎呀～真危險～」

玩完回到客房過沒多久，宮本就邊發著牢騷邊回來了。

「發生什麼事了嗎？」

「發生的事可大條了。時任那傢伙在附近的廁所抓住葛城的衣襟。啊，當然是說那個動不動

就打架的時任。他們看起來爭執得挺厲害啊。」

「喂喂，你沒上前阻止嗎？裕也發飆起來挺危險的耶？」

明人講得像是宮本見死不救一般，讓宮本露出有些不滿的表情。

「我才不會阻止。那又跟我沒有關係，而且被牽扯進去就麻煩了吧。」

葛城與時任裕也。兩人都是龍園班的學生。

「葛城才剛從A班移動過來而已。考慮到他們沒多久前還是敵人，就算發生一、兩件糾紛也沒什麼好奇怪的。對吧，清隆？」

「或許是吧。」

「我有點擔心耶，要不要去看一下情況？」

「別管他們啦，三宅。既然是敵班起爭執，相對的算是我們賺到吧？畢竟葛城原本是A班的人，就算他們合不來也不奇怪。」

「可是啊……同樣是二年級不是嗎？」

「要是隨便插手，說不定連我們都會被連累吧？要是因此被龍園盯上該怎麼辦啊。」

雖然明人對宮本的勸說好像有些不滿，但他暫且聽了進去。

明人的介入也有可能讓狀況惡化吧。

一直在旁聽著兩人對話的我，一言不發地站了起來。

「就說別管他們啦。」

「不，關於葛城的事我也覺得靜觀其變比較正確。我只是因為口渴要去小賣店。」

我這麼說，離開了客房。

記得那兩人起爭執的地方好像是附近的洗手間啊。

如果是雞毛蒜皮的糾紛，最好的做法就是像宮本說的一樣放著不管，但……

聽到時任，首先會想起去年混合合宿時跟我同組的一之瀨同班同學──時任克己。目前跟人起爭執的則是另一個人──時任裕也。時任這個姓氏比較罕見，他們同姓並非單純的偶然，而是遠親──我記得聽說這件事時嚇了一跳。雖然那之後沒有深交，但時任克己也算是一同生活過的夥伴。

雖然這種交情有跟沒有一樣，但假如是我這種局外人也可以深入的事情，我姑且還是想先伸出援手。

我是這麼想才行動的，不過……

我來到洗手間附近，但沒看見葛城他們的身影。

這表示雖然有些爭執，但已經解決了嗎？

「綾小路同學。」

正當我想姑且還是巡視一下周遭時，日和向我搭話了。

「妳有看到葛城嗎？」
「果然也被其他人看見了嗎？我也是聽說葛城同學跟時任同學起了爭執，才過來這裡的。然後我剛才拜託他們換個地方了。」
原來如此。在洗手間周遭起爭執的話，就算不願意也會引人注目。
我在日和的帶領下跟著她走，於是從沒有人煙的地方傳來微弱的聲音。
日和指示我從陰影處窺探，我靜悄悄地觀察聲音的震源。跟宮本報告的一樣，是葛城與時任兩人。不過除此之外，女生的岡部好像也參戰了。
「葛城，你真的跟龍園那種人同夥嗎？」
「簡直是平行線啊。雖然語尾多少有些變化，但這是你第三次這麼問了。」
「誰教你不好好回答啊。」
「我無從回答。我一直反覆在問所謂的『同夥』是什麼意思。」
葛城冷靜地回應，時任則是情緒激動地在質問他。
「就是說你是否成了那傢伙的走狗，對他唯命是從啦。」
「我不記得自己曾變成狗，也不認為自己有聽命於他。」
「不好意思，但我不那麼覺得。既然這樣，無人島考試時你為什麼要跟那傢伙組隊？」
「你這番發言真是令人難以理解。當然是為了讓我們班獲勝啊。」

除此之外還有什麼理由？——葛城理所當然似的回答。

「明明連第三名都不是？」

「確實沒有如同計畫那般順利進行的樣子。不過，以結果來說並不壞。」

「那什麼意思啊。第四名以下不都一樣嗎？而且搭順風車卡也變得毫無意義了嘛。」

「這表示龍園也有他的想法，而且比你想得更遠。」

「你這個外來者還真敢說啊。既然這樣，那你就告訴我他的想法啊。」

「現在還不到說出來的階段。不好意思，但我無法告訴你。」

「搞什麼啊。反正根本什麼都沒想吧？總之，我非常討厭龍園。」

他們不斷持續著這種沒完沒了的爭論。

唯一可以確定的是時任他真心厭惡龍園。

「倘若有人問龍園這人是否能讓人抱持好感，我的確無法老實地回答ＹＥＳ啊。」

關於這點葛城沒有反駁，表示同意地點了點頭。

不過，對時任而言，葛城那種態度似乎也讓他看不順眼。

「說是這麼說，但你在無人島跟龍園組隊，今天也跟他感情很好地一起吃飯了吧。」

「話題一直在原地打轉啊。看來你好像有些誤解——」

葛城試圖否定，但時任以頂撞的態度插嘴。

「之前明明敵對成那樣，卻很輕易地被拉攏了啊。我還以為你是個更有骨氣的傢伙。」

「我跟龍園起衝突不分敵我，也不是一兩次的事情。但我現在作為班上的一員，會以龍園的同班同學身分完成自己的職責。既然這個班級是以龍園為軸心在運轉，服從他也合情合理吧。」

「真難想像這是之前跟坂柳起衝突的傢伙所說的台詞啊。」

「過程不一樣。在作為一年級生起步的階段，還沒有決定好由誰來當領袖。然後表明要當候選人的坂柳跟我在想法上有分歧，因此我也表明要當領袖，與她對立。現在這個班級已經決定轉換到以龍園為領袖的方向前進。說到底，你會承認轉班過來的我是領袖嗎？」

「這……」

「而且坂柳跟龍園是不同類型的人。班級傾向也有很大的差異。」

葛城用正論像在勸導似的回應，但時任看來完全無法接受的樣子。

「所以我就跟你說了嘛，時任。跟葛城同學沒什麼好說的。」

迄今一直靜觀其變的岡部拍了拍時任的肩膀，告誡他多說無益。

「結果，這表示在A班沒有容身之處的葛城同學很高興能被龍園撿回來對吧？也就是說他是那傢伙的狗。」

「就算我在這裡否定那種說法，感覺你們也無法理解啊。」

原來如此，雖然只是大概，但我能看見這場爭執的根本了。

日和用指尖輕輕戳了戳我的肩膀，我暫且收回探出的臉，與她面對面。

「有一部分同班同學心懷不滿這點，不是一兩天的事情了。」

「我想也是。應該是至今累積了不少怨恨吧。」

龍園的獨裁政權當然也會產生強烈的反抗。

他至今應該是強硬地壓制住那些反抗吧，但現在終於開始反彈了嗎？

「龍園呢？如果是以前，他對叛亂分子不會手下留情的吧。」

「以前是那樣沒錯呢。」

「但他現在不會那麼做，就成了像這次爭執的起因嗎？」

日和微微點了點頭。

「大家都逐漸在改變。我當初對班上也沒什麼強烈的感情。我心想只要能在書本包圍下度過這三年就好，幾乎也沒主張過什麼意見。」

的確，如果有人問日和的存在感是否一開始就很強烈，答案是ＮＯ。

反倒根本不會留意到她的存在。

「時任同學一直很討厭龍園同學的做法。不，不只是時任同學。現在在旁邊的岡部同學也是其中之一。」

「這表示他們想拉攏葛城，反叛龍園嗎？」

「或許是那樣也說不定。」

如果是葛城，以能力來說要當代理領袖也具備充分的能力。而且正因為他是轉班過來的學生，才能毫不客氣地對抗龍園。

「不過時任裕也嗎？龍園又與一個麻煩的對手為敵了呢。」

明人也說過類似的話，時任裕也這個人以性格好勝、說話粗魯，還有很會記仇聞名。

「綾小路同學也這麼認為嗎？」

就像日和也感到擔憂的一樣，這種狀況是無論對誰而言都沒有好處的狀態。

「我們班現在的確一帆風順。我認為其中一個主要的原因，是一度脫離戰線後又回歸的龍園同學有所成長的緣故。」

跟一年級剛開始時相比，龍園還有石崎等周圍的人，都有很大的成長。

「但是，要說這種勢如破竹的狀態能否永遠持續下去，就另當別論。這或許可以套用在每個班級上面，假如龍園同學今後遭到退學處分，我想我們班會一口氣崩壞。」

「畢竟龍園的戰鬥方式經常與危險為鄰嘛。」

今後也會出現為了大獲全勝，而背負龐大風險的發展吧。

他對坂柳提出的「約定」也讓人非常在意。

「變成那種狀況時，可以接手的人物之存在是不可或缺的。」

也就是以防萬一的候補領袖。日和朝這邊露出笑容。

「到時候綾小路同學……要不要來我們班呢？」

與她的外表不符，不會樂觀看待情況，日和說出為了讓班級獲勝的戰略。

「這還真是大膽的想法呢。」

「雖然之前也邀請過你，但那次是陪石崎同學作伴，像是半開玩笑的邀約。不過這次邀請跟那次不同。」

換言之她是認真的。

「我不認為我們班是弱小的班級。但我們欠缺有什麼萬一時可以帶領我們的人這點也是事實。你意下如何呢？」

由日和、葛城與金田作為參謀從旁支援的這種形式來戰鬥嗎？

「未必會演變成龍園退學的發展。沒錯吧？」

「當然，不會變成那樣是最好的。」

只不過我也覺得這次邀約以日和來說好像有點反常。

就算內心這麼想，但要說現在是否適合講出來，還是讓人感到疑問。

「妳聽說了什麼讓人擔心的事情嗎？」

我試著大膽地詢問，但日和只是稍微露出微笑，沒有回答。

在我跟日和交談的期間，葛城與時任的爭論還是沒完沒了地持續著。

葛城一直不肯做出時任會感到高興的答覆，他這樣的堅持終於打破僵局。

「……這樣只是浪費時間啊。我以為你應該可以理解才說這些的，但是我錯了。」

「看來你總算明白了啊。」

「我不會叫你別把這件事說出去。你想跟龍園報告的話就儘管去講吧。」

「我不打算向他報告。」

「沒關係嗎？話說在前頭，我是認真的。要是放著我不管，不曉得會有什麼下場喔。」

「你別誤會了，時任。龍園的做法也有很多錯誤的地方。我並不認為像你這樣心懷不滿是錯的。但我對於太過火的行動不以為然。」

時任的想法顯而易見。

而且那無疑是為了排除龍園的意志。

「少囉唆。」

時任丟下這句話，從葛城面前離開現場。

我們躲起來以免被發現，就這樣目送時任與岡部離開。

我原本打算之後靜悄悄地離開，但……

日和拉著我的手臂，讓我在葛城面前現身了。

「有什麼事嗎？綾小路。」

在這邊溜掉也很奇怪，因此我順其自然，走近到葛城前面。

「哎呀，葛城你們班也很辛苦呢。」

「無論哪一班都是一樣吧。可能的話，實在不想讓你聽見這些事啊。」

葛城暫且看向站在我旁邊的日和。

「我無法贊同妳的做法啊，椎名。雖然妳好像很信賴綾小路，但把個人感情帶入到班級的問題裡面，不能說是正確的判斷。」

雖然說法很嚴厲，但葛城說的話是正確的。

倘若告訴敵人原本可以不用給予的情報，有時那也可能在後來成為致命傷。

「或許是那樣也說不定。但這件事能跟哪個同班同學商量呢？要是傳入當事者之一的龍園同學耳中，他大概也不會放著時任同學他們不管，除此之外的學生也是一樣。他們說不定會想出賣背叛的朋友來提昇自己的評價。」

「這也不是傳入綾小路耳中就能解決的事情。」

「這樣可以讓葛城同學釐清想法，思考自己要怎麼做，是個好機會不是嗎？」

「什麼？」

「這也是為了決定自己本身的方針，你就把現在腦中的想法一吐為快如何？」

真是個策士啊。日和試圖利用我給葛城帶來正面影響。
就憑葛城常會一個人陷入沉思的性格，要跟其他人打成一片並不容易。
她這麼做的用意也傳遞給葛城了吧，他雖然傻眼但也表示同意。
「看來妳比我想像中更替班級著想啊，椎名。」
「當然了。因為我打算跟班上同學一起在A班畢業。」
彷彿被這番話給推動一般，葛城將想法化為言語。
「身為目前體驗過兩個班級的唯一一個二年級生，我感覺到的是坂柳班跟龍園班有著決定性的不同點。雖然無論哪邊的領袖都很容易讓同班同學心懷不滿，但儘管如此，坂柳班還是維持著一定的秩序。另一方面，龍園班則是還有很多學生無法接受，累積許多不滿。」
剛才逼問葛城的時任和岡部，無疑也是那些學生之一吧。
「這種不滿在班級往上升的期間，儘管累積在內心，也會一直忍耐下去，但……」
「下次開始降低時會很可怕嗎？」
「對。根據情況，也可能會因為一次失誤導致班級半毀吧。雖然我不覺得那男人沒有預料到這點……但也不會想改變目前的體制。」
「這點應該跟葛城猜想的一樣吧？龍園一定也明白才對。」
「不過，既然他明白，就應該跟時任他們互相讓步，採取對策。」

「哎，畢竟龍園的做法無論如何都會有人產生反感嘛。」

看來葛城似乎認為這個問題應該由龍園來解決。

「龍園就是看透這點，才會把葛城你從A班挖角過來的吧？」

「……把我？」

「假如龍園本身有什麼萬一時，葛城應該能夠代替他統整班級。我認為他是考慮到這點才挖角的。」

正是日和所追求的，能夠成為領袖候補的存在。

「我無法立刻相信這些話啊。」

當然，就像對葛城說的一樣，這是我個人擅自解釋的看法。

「龍園追求高風險高報酬，以他的情況來說，可能會在A班畢業，也可能會在某場考試中輕易被退學。正因如此，才需要以防萬一的保險。」

一個人的背叛造成龍園政權瓦解，也是很有可能的事。

「假設是你說的那樣……真讓人不爽啊。」

雖然我覺得這是因為龍園對葛城有很高的評價，但葛城毫不掩飾地對此感到不滿。

「我跟龍園是因為價值觀不同而敵對。變成同班同學的現在，這點也沒有改變。不過，既然已經成為夥伴，我認為最低限度的目標是不會欠缺任何一方，所有人一起在A班畢業這件事。」

因為知道葛城是這種人，龍園才沒有直接告訴他吧。

看到個人的成長時，雖然龍園的進化令人驚嘆，但他的同班同學跟不上那股氣勢。

「關於剛才那件事，你選擇不把時任的事情告訴龍園，是正確的判斷啊。」

「畢竟如果他認為不用管那些叛亂分子倒還好，但要是他打算排除，問題就更大了啊。」

這些惱人的事應該讓葛城很頭痛吧，但同時也會轉變成對葛城而言值得努力的意義。

至少狀況跟他在A班沒有登場機會，毫無用武之地那時有很大的不同。

浮現了什麼新想法嗎？葛城的表情稍微柔和了起來。

「如何呢？葛城同學。」

「……我明白。」

咳哼——葛城咳了一聲清喉嚨後，重新看向了我。

「因為有你聽我說這些，我稍微能看見自己該做的事情了。感謝你。」

「不，我只是說出自己的想法而已。」

「如果你是胡說八道，就不值一提；但你說的話一針見血。椎名會讓你聽見這些，也是因為確信你會做出最適當的回答吧。」

日和很開心似的露出微笑。

雖然算是被利用了，但如果這樣能給龍園班帶來些微新的預兆就好。

「話說回來，綾小路。應該也有其他學生跟我一樣想法吧，我感到有些意外啊。」

「意外？」

「畢竟你這次特別考試的結果相當千鈞一髮嘛。」

以松下為首，對我的實力感到懷疑的學生也不少吧。

在這層意義上，月城的存在以結果來說讓事情轉往好的方向。

「那就是你本來的實力嗎？還是說發生了什麼出乎預料的事情？」

「誰知道呢。」

雖然我這麼蒙混過去，但葛城好像不願意放過我。

「椎名，不好意思，但我想跟綾小路兩人單獨說些話。」

「我知道了。那我就先回自己房間嘍。那麼綾小路同學，回頭見。」

跟日和簡單地道別後，剩下我們兩人留在現場。

「無人島考試時，我從龍園那裡聽說了所有他知道的關於你的事。」

「龍園老實地告訴你了嗎？」

「他一開始有些模糊焦點，但我跟他說『如果認同我是班上的一員，就告訴我』。」

這算是某種甜言蜜語啊。

既然如此，我在堀北班作為暗中活躍的X的立場。

還有在屋頂上的那件事，葛城全都知道了吧。

雖然坂柳也說過，但我無法防止認識我的學生慢慢變多這件事。

「你到目前為止好像很巧妙地在行動啊。」

「我一直認為如果能度過平靜的校園生活，無論是A班或D班，對我來說都沒有太大的差別。」

「那就是你隱藏實力的理由嗎？我不會說出去，但恐怕要不了多久時間，就會眾所皆知了吧。」

我想也是。可以說幾乎沒有方法能夠封鎖開始散播的情報。

「我只管以我的身分去做在這所學校該做的事情。」

「雖然不曉得會是什麼時候，但我很期待能夠跟認真戰鬥的你戰鬥的那天。」

葛城這麼說，大動作地點了一次頭後，便離開了現場。

4

午後。我帶一個朋友來到露天咖啡廳。

「感覺很久沒像這樣兩人見面了呢，佐藤同學。」

「對呀。上次兩人見面可能是那時吧。」

那時——是指我告訴她我跟清隆開始交往時的事。

之後我跟佐藤同學也是感情很好的朋友……不，我們的距離變得比以前更近了，現在甚至已經變成能稱為摯友的存在。

但是，我們的小圈圈基本上大多是四、五個人一起行動。

大家經常會以這樣的人數輪流一起玩。

所以很難製造出跟佐藤同學兩人獨處這種情境。這點在這次暑假的船上也一樣。反倒因為沒什麼私人時間的關係，常常是七、八個人一起玩。我比較抗拒加入的游泳池也是……但能用水母衣遮住肌膚，所以沒問題。總之，今天我會強硬地製造出跟佐藤同學兩人獨處的時間，是有原因的。

總之……先找個空著的座位吧。我跟佐藤同學環顧周圍，想在點餐前先確保座位。跟學校不同，露天咖啡廳十分寬敞，不用擔心沒地方坐。

但今天的話題內容比較敏感，可能的話我希望周圍沒有其他人在。

如果想找在某種程度上跟其他人有些距離的地方，通常都是些陽光照不到的場所。

該怎麼辦呢……

「到室內比較裡面的地方坐也可以喲？」

「咦，可以嗎？」

「因為妳有重要的事情要說對吧？」

察覺到我用意的佐藤同學這麼說，朝我露出可愛的笑容。

「謝謝妳。」

我向她道謝後，我們決定坐在沒什麼人氣又看不見外面的座位上。

將使用中的桌牌翻過來後，我們前去點餐。

「這次就讓我請客吧。畢竟是我找佐藤同學出來的。」

我堅持要請感覺會推辭的佐藤同學，點了兩杯一樣的咖啡後，回座位坐了下來。

「那麼——妳要說的是？」

佐藤同學一坐下就這麼開口了。

雖然我也絲毫不打算拖太久啦……

「嗯……先等一下。」

「怎麼了？」

「該說是氣氛嗎，妳不覺得有點奇怪？」

覺得現場氣氛有種異樣感的我這麼確認，但佐藤同學感到不可思議地歪頭疑惑。

「奇怪？我覺得沒什麼耶……」

「或許吧。對不起，說了奇怪的話。」

一開始我也不知道為什麼我會有這種感覺。

但是，說不定是因為跟那傢伙……跟清隆相處的時間很長，才會有這種感覺。那傢伙絕對不會漏看任何瑣碎的變化。

那種異樣感是某人的表情或情緒？又或者是這種現場的氣氛呢？

無論是什麼，他都會察覺到異常變化並看穿。

說不定我也學會了那種類似選球眼的能力……

雖然不知道真相如何，但我現在決定那麼認為。

不過是怎麼回事呢？為什麼會感覺到這麼討人厭的氣息？

我一邊假裝平靜，同時靜悄悄地開始觀察周圍。

「如果這種遊輪生活可以一直持續下去就好了呢～」

我邊這麼說邊將杯子送到嘴邊，同時不露痕跡地環顧周圍。

「啊哈哈，這點我有同感。但是每天都這樣過的話，會變成窮光蛋呦。」

「的確。游泳池加上電影加上好吃的三餐，感覺錢包很快就會見底。」

回過神時，那種異樣的氛圍已經消失了。倒不如說變淡了。

單純是我誤會？更重要的是我剛才太專心刺探，慢半拍才發現狀況已經開始改變。

三年級的女生三人組一邊談天說笑，一邊在我們旁邊那桌坐了下來。

「然後呀～B班的木更津同學他呀～？」

「騙人，真假？之前都不曉得～」

她們和樂融融地一邊閒聊一邊大笑，氣氛十分熱絡。

啊啊，真是的……早點說出來就好了。雖說海邊比較受歡迎，但就算有人想避開人潮和日曬而選擇這裡也不奇怪。雖然她們對我們的聊天內容大概沒什麼興趣，儘管如此，還是想聽就能聽見的距離。雖然也可以換個地方溜走，但我不想隨便給人留下壞印象。如果是一年級的學妹也就算了，但她們是三年級的學姊。

要是不想坐在她們旁邊而換個地方，她們也有可能因此記恨。

我很清楚霸凌就是從這些雞毛蒜皮的小事開始的。

「其實我是想第一個先告訴佐藤同學。」

別把沒有關係的三年級生放在心上，這邊就專心地面對佐藤同學吧。

要是一直擔心多餘的事情，才是真的沒禮貌。

「我正在想差不多該跟大家報告我與清隆的事了。」

「……嗯。」

果然佐藤同學已經預料到我想說的話題內容了。

說不定她也稍微考慮到我們可能是「分手了」……

不，那是不可能的吧。假如是那樣，我一定無法保持平常心。

無法想像可以若無其事地笑著說「我們分手了呢～」的自己。

「所以我想先那個……告訴佐藤同學一聲。」

「大家知道你們兩人在交往的話，一定會很驚訝吧？」

那種情景我也在腦海中反覆模擬過好幾次了。

果然不管挑哪個時間點講，一定都會造成小小的騷動吧。

雖然不打算說自己壞話，但我這人不太可愛。

我總是一副了不起的樣子，想要展示優越感……在遇見清隆前，因為不想被霸凌，我一直扮演著比現在更加好勝的性格。也曾對沒興趣的男生拋媚眼。

「那妳打算什麼時候說呢？」

聽到佐藤同學詢問時期，我立刻回答：

「畢竟現在還是暑假，我打算等第二學期開始再報告。」

「綾小路同學對這件事有說什麼嗎？」

「他說可以配合我想公開的時機。」

佐藤同學啾一聲地含住吸管，喝了一口咖啡。

「這樣呀。你們很恩愛呀？」

「咦！咦咦？」

「告訴我也沒關係吧。」

「唔、嗯～那是當然啦，如果不恩愛，以情侶來說也很奇怪呀。」

「你們接吻了嗎？」

「咦咦咦咦！」

「你們已經交往滿長一段時間了吧？這方面進展得如何呢？」

佐藤同學將右手握成拳頭用來代替麥克風，伸向我的嘴邊。

「……只、只有被突襲吻過一次。」

我老實地回答，於是佐藤同學揚起嘴角奸笑。

「真好呢、真好呢，突襲之吻感覺讓人有點嚮往呢。」

「是、是嗎？這邊根本沒辦法做好任何心理準備……明明是初吻……」

聽到我這樣低喃，佐藤同學「咦？」了一聲，有點驚訝地瞪大眼。

「輕井澤同學跟平田同學什麼都沒做過嗎？你們之前交往了很長一段時間吧。」

「咦？」

「而且該說如果是輕井澤同學，就算國中時交過男友也不奇怪嗎……」

我一邊聽著佐藤同學這麼吐槽，一邊感受到自己臉色變蒼白起來。

輕井澤惠是很有異性緣、男人一個換過一個，位於階級制度上層的女人。

那樣的人物報告自己才剛經歷過初吻，確實是個問題。

「呃……因為我這個人守身如玉嘛。」

我拚命裝出若無其事的模樣，這麼回答。

「應該說就算是男朋友，也只有比較特別的人我才會允許這種行為嗎？」

我猛然覺得口渴起來，將杯子裡三分之一的咖啡一口氣灌入喉嚨。

「但平田同學也是超級帥氣的男友不是嗎？」

「對呀～可是，對我來說還是缺少點刺激感吧～」

不要緊，我能做到的。

既然已經說溜了嘴，之後就只能巧妙地順著話題敷衍過去。

「因為平田同學是草食男，也不會突然撲上來呢。讓我覺得少了些什麼呢～」

對不起，平田同學！我一邊在內心道歉，一邊為了自己犧牲他。

「這樣呀～的確，可能會希望男友積極地帶領自己吧。」

「對吧對吧？」

「可是綾小路同學明明外表也是草食男，實際上卻是肉食男啊。」

感覺說了這些話的佐藤同學，好像在話中蘊藏了一點懊悔。

「佐藤同學……我……」

「啊，抱歉，輕井澤同學。我不是那個意思……！」

今天我只是想告訴她我打算向大家報告我和清隆在交往的事。

但這樣根本只是個在自吹自擂的討人厭的傢伙嘛。

剛進入這所學校就讀時，我認為那樣就行了。

我擅自宣傳關於平田同學有的沒的事情，完全就是個討人厭的女人。

但我現在認為不能只是那樣。

正因為覺得是重要的朋友，才應該避免不謹慎的發言……如果說是為了保護自己的防衛本能，聽起來也像是個正當的藉口，但這單純是我自私的利己主義。

「沒關係、沒關係。畢竟同時喜歡上覺得不錯的男生這種事該說普通嗎？從以前就很常見嘛。哎……雖然我總是輸給情敵啦。」

佐藤同學噘起嘴唇，發著這樣的牢騷。

但她之後立刻恢復成平常活潑的樣子。

「我姑且確認一下，假如輕井澤同學甩了綾小路同學……可以吧？」

「可以吧」是指那種意思吧？她在我還沒有整理好心情的狀態下接著說道：

「妳想想，平田同學現在也恢復單身，他要交新的女朋友也可以吧？所以綾小路同學也是一樣，對吧？」

「是那樣沒錯啦……」

那種事絕對不行！應該說我們才不會分手！

雖然我在內心這麼吶喊，但也不能表現出來，實在很辛苦。

「妳想想，如果是輕井澤同學，應該能找到更高水準的男生吧。」

「更高水準的男生是指誰呀？」

「妳這麼問我也有點傷腦筋耶……例如司城同學或南雲學長？」

「咦咦～？」

就我的立場來看，無論哪邊都不是我會考慮的對象。

只論外表的話，司城同學的確是頂尖水準；學生會長或許也是一樣。要論頭銜的話，他們肯定是高水準吧。

可是……嗯，果然我還是不覺得他們能當清隆的對手。

清隆那傢伙……雖然也有討人厭的地方……但他強大、帥氣又神祕。

這樣的他——還十分了解我這個人。

「好！是我多管閒事了，謝謝招待！」
「咦、咦？」
「因為輕井澤同學的臉上寫著，最棒的還是綾小路同學喲？」
唔……我的撲克臉對知道戀情細節的佐藤同學不管用。
「謝謝妳第一個向我報告。我覺得很開心。」
「是嗎……如果是這樣就好。」
然後我們的話題轉移到其他人的戀愛話題上。
有時回顧無人島上的事，有時回顧完全無關的事。
兩人一起久違地度過了一段愉快的時光。

5

當天下午兩點十分過後。
許多學生已經用完午餐，正埋頭玩樂的時段。
我一邊等待自己找出來見面的對象，同時靜靜地眺望著海洋。我拿出手機，點擊自己的名字

「堀北鈴音」打開ＯＡＡ。原本以為可能會因為無人島考試的結果有什麼變化，但看來這邊似乎沒有變化呢。可能是因為每個老師能看見學生情況的場面有限，所以才沒有反映在上面嗎？

我看了一下之後約好要見面的女生的ＯＡＡ，果然也沒有變化。

我立刻關上手機，一個人靜靜地注視海洋。

從那場十分殘酷，而且感覺不太真實的無人島考試後過了幾天。

雖然身體的疲勞已經消除，但因為還待在豪華遊輪上的關係，依舊沒什麼日常感。

「嗯，妳還在呀？」

一個聲音從稍微有些距離的地方朝我發出。在我轉過頭前，話語接續下去：

「可以不要利用別人叫我出來嗎？這樣會被誤會我跟妳感情很好吧。」

我搭話的對象是跟這個女生同班且同一間客房的山鹿同學。

「不巧的是我沒有其他聯絡妳的方式呀。還是妳想在很多人一起同桌吃飯時被我搭話？」

「絕對不要。但像今天這樣被間接叫出來，我也一樣討厭。」

「既然這樣，能請妳事先告訴我，當我有話想跟妳談時，該用什麼方法才好？」

「最好就是不要想跟我交談吧。」

依舊擺出厭惡表情的伊吹同學，比約定的時間晚了十分鐘左右才姍姍來遲。

她連一句道歉的話都沒有，從剛才開始就不斷發著牢騷。

「妳似乎不是有什麼原因才遲到的呢。難道妳自認是宮本武藏？」
「啥？我不懂妳的意思。」
她好像也不是故意要惹我生氣的樣子呢。
哎，假如她是想惹怒我，就應該讓我等上兩小時，而不是遲到十分鐘吧。
「既然不是想找碴，那能讓我聽聽妳遲到的理由嗎？」
「啥？就我的角度來看，妳叫我出來才是想找碴吧。」
「也是。的確是那樣呢。」
我認真地回答，於是她感到傻眼似的嘆了口氣。
「妳說要是無視妳的傳喚，就當作是我逃了──這話是什麼意思？讓人很不爽耶。」
「就算普通地找妳出來，妳也會無視對吧？」
「那是當然的吧。誰喜歡像這樣非得來見妳不可呀。」
我原本也考慮到可能會被她完全無視，但她雖然遲到還是前來了。
以她的角度來看，輸給我似乎是她最不爽的事情，選擇像在挑釁的傳喚方式是正確的呢。
「啊～我知道了啦。」
有事就快點說──她露出這種催促的態度。
雖然很想體諒她的心情，但有些原因讓我不能這麼做。

「我們邊走邊談吧。畢竟要花上一點時間，站著說太累了，而且這裡很引人注目。」

雖然適合當約定碰面的地點，但不適合密談。

「啥？……真是的。」

儘管感到煩躁，她還是挺老實地配合我。

以她的立場來說，在無人島考試中得分輸給我這件事，讓她覺得很懊悔吧。

就算她是為了尋找雪恥的機會才與我接觸，也沒什麼好奇怪的。

因為開始移動，得以混進人群之中的我開始說道：

「是關於無人島考試時我們曾對戰過的天澤學妹的事喲。」

「……喔，那個超級囂張的一年級呀。」

因為她走在我後面，我無法看見伊吹同學的表情。

「這樣不太好說話，能請妳再稍微走快點嗎？」

「真囉唆耶。要用什麼步調走路是我的自由吧？」

「如果妳是單獨行動的話，的確沒錯。」

我停下腳步，轉過頭去。

「以妳的立場來說，想早點結束這場談話；就我的立場來說，也想盡可能簡單迅速地講完這件事。但要達成這個目標，妳的協助是不可或缺的喲。」

「好、好，我知道了、我知道了。只要走快點就行了吧。」

她這麼說，像要追過我似的邁出步伐，而且還是用彷彿競走般的速度。

該怎麼說呢，她在負面意義上像個小孩子呢。當然孩子氣不會有什麼正面意義，所以這不可能變成優點。我一邊在內心抱持這種感想，一邊傻眼地目送伊吹同學的背影時，她用可怕的表情轉過頭來了。

「妳不跟上來嗎！」

「步調太快也是個問題喲。能請妳適度地走快點嗎？」

「啊～真是夠了！」

伊吹同學抓亂自己的頭髮，回到了這邊。

「我會好好聽妳說，但妳要答應我的雪恥賽！知道了嗎？」

「說得也是。可以預測到第二學期也會有體育祭——視情況說不定也能實現妳的願望。」

「可以當作是妳會答應雪恥賽吧？」

「所以我不是說了嗎？視情況可以實現妳的願望。」

她稍微整理話中含意後，看似不滿地咬了一下嘴唇。

「也就是說，視情況妳不會答應對吧。」

「哎呀，妳的腦袋居然能解讀出這層含意，佩服佩服。」

我送上啪啪的掌聲，伊吹同學似乎覺得被瞧不起了，她拍落我的手。

「真粗暴呢。」

「少囉唆！妳不保證會答應的話，就沒什麼好談了！」

「那樣我也無所謂，但妳希望的雪恥賽就永遠不會實現嘍。」

「什——」

「雖然我無法在這邊跟妳保證，但能否留下那種可能性取決於妳的行動。妳不認為那是非常重要的事情嗎？我不認為自己輸給妳。換言之，妳直到畢業為止……不，就算是畢業後也會留下無法贏過我的悔恨喲。」

「唔……！」

「所以呢？妳要聽我說，還是不聽？選擇權在妳身上喲，伊吹同學。」

「知道了，我知道了啦！聽妳說就行了吧！」

「妳那麼討厭我，如果妳從一開始就這麼老實，我也能迅速地把事情講完，這樣會比較輕鬆喲。」

為了下次著想，我先給她這樣的建議。雖然伊吹同學希望跟我來場雪恥賽，但這件事真的要視今後情況而定。當然，如果跟班級方針不符，我也沒那個閒情逸致陪她比賽。但在這邊說出這件事也只會有負面影響，因此我不會說出來。

給她留下我可能會答應雪恥賽的餘地，多少可以讓她消氣吧。

伊吹同學停下腳步，配合我的步調走了起來。

「然後呢？那個囂張的一年級怎麼了？」

「跟她交手之後，妳有什麼感想嗎？」

「有什麼感想……」

「比妳至今對戰過的任何人都強——妳應該有這種感覺吧？」

「哎……畢竟她那樣還不是萬全狀態，也只能承認這點了。」

無論是我還是伊吹同學，不管怎麼努力都贏不了天澤學妹——這就是我們跟她的實力差距。

「那個叫天澤的一年級生確實擁有奇怪的強大力量，不會錯的。啊～一想到這件事就會覺得不爽，所以才不想講這個的耶？」

「別這麼說。就現狀而言，能夠談這件事，還有需要談這件事的人，都只有妳而已喲。」

正因為直接對峙過，伊吹同學也能明白這點。假如是跟毫不知情的人說明天澤學妹的強大力量，對方應該絲毫無法理解吧。

「雖然是很奇妙的經過，但妳可能也會遭受傷害。我想先為這件事向妳道歉。」

「傷害？」

伊吹同學似乎無法理解這番話的意思，她蹙起眉頭。

「我今後打算去調查天澤學妹的來歷。」

「意思是妳要深入追查那傢伙？別那麼做比較好吧。感覺那傢伙腦袋很不正常，她是那種不曉得會做出什麼事的人吧。」

天澤學妹給人的強烈印象甚至讓伊吹同學都這麼說。

「她確實是個危險的對手。但總覺得放著不管的話，今後會發生不好的事情。」

「我不覺得那傢伙對妳感興趣耶？」

「不是說我。是指對綾小路同學而言。」

聽到這個名字，伊吹同學似乎也能理解了，她將視線看向海洋那邊。

「綾小路呀。雖然不是很懂，但她確實對綾小路的事情很熟悉的樣子。」

沒錯，天澤學妹知道關於綾小路同學的事情。

她看起來並不像是從今年開始才以單純的學妹身分認識綾小路同學的樣子。

「他是我的同班同學。既然有能辦到的事情，伸出援手是理所當然的。」

我自己也覺得這些話有些肉麻。

如果是剛進這所學校的我聽見這些話，一定會起雞皮疙瘩，盡全力否定吧。

「但那傢伙要是察覺妳在調查她，八成會主動出擊。到時妳應該沒有勝算吧？」

「她的強大該怎麼說呢……總覺得跟我們居住的世界是不同次元。」

「雖然想說別擅自把我也算進去，但那個確實是另一個次元也說不定呢。」

「這表示在妳的記憶之中，也不曾出現過像她那般厲害的強者呢。」

「在二年級生裡面我是最強的。這點在國中時也是一樣。畢竟在學格鬥技的女生並不多，而且我也不曾輸給只學過一點皮毛的傢伙。換言之，就我所知的範圍內，我一直是最強的。」

「是呀。我認為妳的實力在二年級生裡是僅次於我的第二高手，我不否定這點。」

「妳澈底否定了吧。妳的意思是不承認我的實力？」

「沒人那麼說喲。我只是不覺得自己比妳弱而已。」

「不不，絕對是我比較強。」

「妳那種自信究竟是從哪裡湧現出來的呀？真令人感到不可思議呢。妳的根據是？」

「直覺？」

「一點都不可靠呢。妳的分析只是偏心自己吧。我們一次都沒有在萬全的狀態下對戰過。可以明確判斷哪邊比較強的材料並不齊全吧？」

「既然這樣，那暫定我是第一不就好了。為什麼我是第二呀？」

「這是進行客觀評價後的結果喲。」

「簡直莫名其妙。」

我們抵達目的地之一的露天咖啡廳。

「因為會耗上一段時間，讓我買杯飲料請妳吧。妳想喝什麼呢？」

「隨便啦……那就冰檸檬紅茶吧。」

我點完伊吹同學跟自己的飲料後，用手機結帳。兩杯總共一千四百點，還真貴呢。

我們從準備好飲料的店員手上接過兩杯飲料。

「請用。我請客。」

「被妳請客總覺得心情很不可思議耶。」

「妳應該坦率地接受別人的感謝喲。」

「好啦，沒差。」

伊吹同學用左手接過杯子，然後看向其他方向，喝了一口。

然後我們稍微移動，在沒什麼人煙的地方停下腳步。

「正因為妳也跟她對戰過，我們都同樣感覺到她有多強大。在這個前提下，妳能感受到她有什麼弱點，或是戰鬥方式的習慣嗎？」

「她不是能夠輕易做出那種分析的對手吧。」

「……也是呢。」

最好是可以不用與她再戰……但假如深入追查下去，不曉得會有什麼結果。

「就憑妳一個人的話，肯定會被反殺，然後沒戲唱。我不認為這個結果會被推翻。」

伊吹同學並非想要陷害我什麼的，她只是陳述事實。

就算接下來重新累積鍛鍊量，也只會變得跟她指謫的一樣吧。

「要想東想西是妳的自由啦，但放著不管應該是最好的辦法吧？」

「妳有在聽我說的話嗎？這對綾小路同學——」

「對，就是這個。」

伊吹同學將拿著杯子的手比向我，打斷我的話。

「無論天澤想做什麼，綾小路那傢伙應該都會獨自一人應付吧？」

「……什麼意思？」

綾小路同學確實是個優秀的人。

這是因為我這一年來一直在旁看著才有機會慢慢得知這件事。

但還是充滿很多謎團，無論是學力或身體能力，都還沒完全摸透。就連同班的我都不清楚了，不同班的伊吹同學應該更加無法理解。

從外在來看，只有他擅長數學，還有運動神經不錯這些情報而已。

「感覺妳的說法很接近斷言，看來妳對綾小路同學評價很高呢。」

「哪有什麼高不高，只要考慮到那傢伙的實力，無論是誰都知道這種事吧。」

考慮到他的實力就會知道——伊吹同學斬釘截鐵地這麼說。

「難道妳在哪裡聽說了他跟寶泉學弟的事情？」

「啥？寶泉？那是誰呀……啊！那個像大猩猩一樣的傢伙嗎？」

我們的對話像是雞同鴨講，我覺得有一點鬱悶。

「妳認為『綾小路同學很強』，是從哪裡獲得的情報呢？」

「妳問從哪……」

伊吹同學在挑選用詞的途中，露出像是「糟了」的表情。

「那件事有被封口嗎？還是沒有？我忘了……」

伊吹同學似乎試圖回想起什麼，她發出「嗯～」的聲音，閉上眼睛並雙手交叉環胸。

「在我不知道的地方發生了什麼事情呢？」

這邊就試著強硬一點。

「反倒應該說妳什麼都不知情嗎？」

「唔……雖然不是不知道，但也並非知情呢。」

因為變得像是我們在互相牽制，我決定大膽地推進話題。

「我們需要磨合吧。」

「我可不想那麼做耶。」

「那可不行。都這種時候了，告訴我所有妳知道的事情吧。那些我不知道，但妳知道的關於綾小路同學的事。」

這算是某種千載難逢，收集情報的好機會。

無論什麼都好，如果伊吹同學知道些什麼的話……

「算啦，沒差。話說，妳是不知道什麼？」

像是無法決定要說的內容，伊吹同學一臉嫌麻煩似的這麼問。

「的確會這麼問吧……剛才妳說到一半的事情讓我很在意呢。」

「我剛才想說的是龍園跟綾小路在屋頂那件事。就是那個啦，把輕井澤找出來潑她水時的事情。」

「嗯，咦？等一下，妳在說什麼……我完全不明白呢。」

龍園同學？屋頂？還有輕井澤同學？潑水是指？

問號接連不斷地在我腦海中浮現。

「啊～原來是這樣。也就是說那傢伙沒有告訴班上的任何人呢。」

伊吹同學似乎先理解了某些部分，她一個人恍然大悟似的點了點頭。

然後伊吹同學開始說起關於我不知道的綾小路同學的事。

在聽她說的期間，為了避免情緒激動，我注視著閃耀的海洋，並且同時整理思緒。龍園同學為了刺探潛藏在我們班的綾小路同學，盯上了輕井澤同學。為了拯救她，綾小路同學隻身前往屋頂。

他在那邊展現出壓倒性的力量，壓制了龍園同學他們。

我明明對他有某種程度的了解，儘管如此，還是屢次感到驚訝。

「……龍園同學後來沒有再找我們班麻煩，原來是因為發生過這種事呢。我之前都不曉得。」

「總之這樣妳就明白了吧。那傢伙的強大非比尋常。」

「是、是呀。他擁有深不可測的實力呢……妳跟雙方都對戰過，從妳看來，那兩人對戰的話，妳認為哪邊會贏？」

「誰知道呢。畢竟兩邊我都沒看過他們認真起來的樣子。雖然不是想說男女有別什麼的，但綜合來看，應該是綾小路比較強吧？所以說，妳沒必要去插手這件事。」

就算天澤學妹對他做了什麼，倘若他有足以應付的力量，我確實沒必要插手也說不定。

「但並非只要具備肉體上的強度，就能保證一定安全。在校園生活中也不能靠這個避免被退學。那種強大有時反倒會危害到他。」

雖然在無人島時天澤學妹也是肆無忌憚地大鬧一場，但在學校裡可沒辦法這麼放肆。

「謝謝妳，伊吹同學。妳的情報似乎比想像中還有用喲。」

「妳不找綾小路商量這次的事情嗎？」

「目前還不會呢。說到底，畢竟是綾小路同學嘛，就算他在某種程度上已經察覺到也不奇怪。」

尤其是跟天澤學妹，因為還有無人島考試前的事情，他已經接觸過幾次。

「剩下就是紙那邊的問題呢……」

「紙？」

「除了天澤學妹以外，在無人島考試中還有一件事讓我很在意。」

我向她說明我的帳篷被放了一張紙條的事情。

伊吹同學似乎也理解最終日我為何會待在無人島的東北方了。

「原來如此呢。不是天澤的某人送了暗示綾小路會出事的預告信給妳呀。」

「妳居然知道『暗示』這個詞呢。」

「別瞧不起人好嗎？」

雖然伊吹同學ＯＡＡ的學力較低，但意外地能夠溝通呢。

沒有那種好像在跟水準明顯較低的人對話的不快感。

「那時天澤學妹看到我還給她的紙條後，就撕個粉碎丟掉了。那個行動一直讓我很在意，我在想她應該是不想留下筆跡這個證據吧。總之我清楚記得字很漂亮。」

「字很漂亮？」

「對。我不覺得有多少人能把字寫得那麼漂亮。」

「原來如此呢。也就是說能寫出那些漂亮字的傢伙可能在策劃什麼陰謀嗎？但是僅憑筆跡來找人很難有進展吧？再說證據也被湮滅了。」

「沒辦法輕易找到人吧。也不能一個一個拜託別人寫字給我們看。還有一點，雖然是還沒什麼根據的推理，但寫下這些字的人物有可能身體能力很強。無論是綾小路同學或天澤學妹，既然他們都擁有出類拔萃的強大實力，就有這個可能。而且很有可能是一年級生。」

「說到綾小路跟天澤，那傢伙確實可能很強。但一年級的根據是？」

「天澤學妹認識，而且知道那人的筆跡。不太可能是二年級生或三年級生。」

「原來如此呢。」

綾小路同學與天澤學妹，還有第三者的存在。

他們各自擁有怎樣的關聯呢？目前還無法看見全貌。

但不能放著不管。

「雖然我打算採取行動時盡量避免危害到妳，但我倒下的話，就無法保證之後的事情了。假如天澤學妹有什麼奇怪的動作，妳要毫不猶豫地跟學校——」

鐺——一個輕快的聲音在甲板上響起。

是伊吹同學把裝有紅茶的杯子用力按在扶手上。

還剩下一半以上的紅茶從杯口灑出，濺到她的手上。

「怎麼了？」

「要是妳倒下？我說過要打倒妳的人是我吧。」

「我也不打算輕易被打敗喲。但是，包括天澤學妹在內，不曉得看不見的敵人會做出什麼事，所以說——」

「對方有兩個人，既然這樣，我們也應該兩個人一起行動吧。」

「妳是說……」

「只要二年級裡最強的我加入，情況也會變得不一樣吧。如果妳無論如何都想拜託我，要我無可奈何地幫妳一把也行喔？」

她這麼說，用另一隻手重新握住杯子後，舔了一下沾到手背的檸檬紅茶。

「妳在打什麼主意？妳居然會連兩次都願意協助我。」

「我也不想就這樣一直被一年級看扁，而且我也不爽妳輸給我以外的人。再說——妳其實也是打算拜託我，才會跟我提這件事的吧？」

伊吹同學直率地看著我的眼睛。

「不，完全不是喲？」

「啥？妳就老實承認這點如何呀。老實地說『我需要伊吹同學的協助』吧。」

「我一次也沒有那麼想過喲？」

「……那算了！我再也不會說要幫妳什麼的！拜拜！」

生氣的伊吹同學準備邁步離開時，我抓住她的左手腕。

「怎樣啦！」

「我決定讓妳免費幫我做事，來抵剛才請妳的那杯飲料。」

「啥？妳明明說是請客，現在卻要收錢嗎？」

「免費的最貴喲。」

「那我現在馬上還妳飲料錢。」

我對拿出手機的伊吹同學繼續說道：

「既然這樣，就收妳三百萬點吧。」

伊吹同學蹙起眉頭，像是無法理解我這番話的含意，她疑惑地歪頭。

「畢竟是我請客的嘛。妳不覺得有這種程度的附加價值嗎？」

「一點都不覺得！明明是七百點吧！」

「如果妳付不起的話，也可以幫我忙來抵銷這筆債。」

「我說呀……我再講一次，妳這人不能老實點嗎？」

「如果有必要變老實，我會那麼做的。」

不知為何要老實地拜託伊吹同學讓我很難為情，就變成了這種形式。

但我保持跟平常一樣的態度，高傲地接著說道：

「妳這個人的性格真的很惹人厭。」

「這點彼此彼此吧，伊吹同學。」

彼此的視線互相交錯，伊吹同學儘管感到傻眼，仍喝光杯子裡剩餘的飲料。

「這杯檸檬紅茶還真貴。」

總覺得她這樣的抱怨很有趣，我不禁稍微笑了出來。

6

太陽沉入地平線彼端的傍晚時分。

一之瀨在約定的地點邊注視海洋邊等著我。

看到她似乎有些虛幻的側臉，我稍微猶豫是否該呼喚她的名字。

「一之瀨。」

「綾小路同學。午安。」

我們互相打了聲招呼，然後我站到她面前。因為感覺也不是可以突然就切入正題的氣氛，我決定先稍微閒聊一下。

「妳現在也持續進行那個儲存個人點數的作戰嗎？」

雖然是跟正題無關的事情，但一之瀨沒有露出任何嫌棄的表情。

「嗯。因為這麼做不會有損失嘛。能存就盡量存，用不到的話，屆時再把寄放在我這裡的點數還給所有人就行了，很簡單。」

雖然她說很簡單，但正因為一之瀨這人能夠信任，才能持續這樣的戰略。

就像剛才她本人說的一樣，把錢盡可能寄放在她那裡不是壞事。如果是會自動貶值的東西或許會出問題，但若能保證交給她多少錢就能拿回多少的話，可以說保有一筆發生緊急狀況時能動用的鉅款，是很好的手段吧。

還有這是一之瀨被賦予的獨一無二的優點，也是很重要的因素。

「可是，共同出資戰略是為了應付緊急狀況。只有這樣是不行的吧？」

「如果是現在才開始存錢就另當別論，但這次畢竟是繼續存錢嘛。」

換言之，這並非準備了新的戰略，只是維持現狀而已。

「綾小路同學認為我們缺少的東西是什麼？」

「一之瀨班缺少的東西？」

「嗯。該說單靠我們自己無法看清這方面的事情嗎……我有點好奇從綾小路同學的角度來看，我們班看起來是什麼樣子呢？」

「無人島考試時，我曾經跟一之瀨的幾個同班同學交談過。再加上那次慰勞會，感受最深的果然是你們班給人很多善良學生的印象。」

這件事應該不用說也知道，但同時也是無法割捨的要素。

但他們基本上不喜歡爭鬥，因此也無法積極地去獲得班級點數。

「或許表現得再強勢一點也很重要吧。雖然不是叫你們犯規或暗中要手段，但我認為變得善於應付粗暴比賽一事很重要。」

「粗暴比賽……嗎？說得也是呢。不更振作一點的話，無法戰鬥下去呢。」

目前還沒有想到什麼具體的解決對策。

唯一可以深切地感受到的是他們朝著難以預料的未來拚命勇往直前。

「前幾天的無人島考試，關於那件事的回應……」

「唔、嗯……對哦，是為了那件事才在這裡會合的呢。」

我悄悄地將臉湊近一之瀨耳邊，儘管知道周圍沒有任何人，還是打算用必須集中意識否則很難聽見的聲音說話——就在這時候。

「你在這種地方跟帆波兩人單獨碰面，在聊些什麼啊？」

聲音的主人是南雲學生會長，大吃一驚的一之瀨連忙拉開距離，但我們幾乎零距離的場面肯定已經被看見了吧。

被尾隨了？不，我不會蠢到在不知不覺間被跟蹤。

那麼，是一之瀨一開始就被盯上了嗎？

不，這應該是南雲透過他擁有的無數雙眼睛在進行監視吧。

無論怎麼避人耳目地移動，要完美地躲過這艘遊輪上所有三年級生的視線，幾乎是不可能的。就算來到這裡的路程被幾個人看見也不奇怪。

但是，這幾天南雲並沒有要接觸這邊的跡象。

簡直就像計畫好的一般，挑在我最想避免的時機進行接觸。

「辛苦了，南雲學生會長。」

一之瀨一口氣切斷話題，連忙恢復成平常模式。

這樣並非能夠徹底消除動搖與困惑。

不過，就算完美地掩飾過去，對現在的南雲來說大概也沒有意義。

「你們在無人島最終日好像也見過面，現在又兩人偷偷摸摸地幽會嗎？」

「咦、呃……」

南雲突然重提無人島的事情，讓一之瀨頓時語塞。從她本人的角度來看，那也是不小心向我告白的事件，沒辦法簡單地蒙混過去吧。

我本來想插嘴，但被南雲伸手制止。

他散發出強烈的壓力，不准我現在插嘴。

「哎，是怎麼回事都無所謂啦。只不過——如果身為學生會夥伴的帆波可能會被弄哭，我身為學生會長也不能放著不管吧？」

果然是這麼回事嗎？

從澈底明白桐山已經跟南雲同一陣營時起，就能推測到這件事了。

南雲更靠近我們這邊，站到一之瀨身旁。

「被弄哭……嗎？」

「如果是我誤會就算了，是關於輕井澤的事。」

他刻意不一語道破，為了讓一之瀨深刻理解，緩緩地將情報一點一滴地放出來。

「輕井澤同學嗎？」

一之瀨當然無法理解為何會在這個時間點出現惠的名字。

「雖然好像還只有告訴比較親近的人，但我聽說他從挺早之前就跟輕井澤在交往了。沒錯吧？綾小路。」

跟輕井澤在交往。

即使聽到這句話，恐怕一之瀨也無法立刻理解意思吧。

「怎麼，妳第一次聽說？因為帆波跟綾小路好像感情不錯，我還以為他已經告訴妳了。」

南雲這麼說，稍微停頓了一會兒後，接著說道：

「你應該不會是想要腳踏兩條船吧？」

對於南雲單方面的攻勢，我沒有做出任何反擊。

就算在這邊說出我原本打算告訴一之瀨我跟惠在交往的事，也毫無意義。

很顯然那種行為反倒只會在傷口上灑鹽。

「那是……真的嗎？」

「喂，綾小路，帆波在問你啊，回答一下如何？還是說只是我誤會了，你跟輕井澤什麼都沒有？如果是那樣，你就否認吧，我會由衷地向你賠罪喔？」

已經被桐山看見我跟惠待在一起的場面。

但沒有給予他任何可以斷定我們在交往的證據。

換言之，南雲也有可能是擅自斷定我跟惠的關係，在套我的話。

但我在這邊主張「那不是事實」的選項並不存在。

假如我那麼主張，結果後來又說「我們終究還是交往了」的話，謊言就會暴露。

不，說到底，如果是南雲，最好認為他是有了根據才深入這個話題的。

「我還沒有對外告訴任何人，你究竟是從哪得知這個情報？」

「唔……！」

因為我承認了這件事，可以看出一之瀨明顯大受打擊。

首先可以確定的是，南雲應該也察覺到了一之瀨對我的心意。

「你好像知道我並非只是聽說了傳聞跟臆測就這麼講的啊？」

南雲似乎很高興地露齒笑，但不打算說出內幕或確認情報真偽的方法。

我鮮明地回想起鬼龍院曾說過，對我而言，南雲說不定是剋星那番話。

「我不打算對別人的戀情說三道四。但是，就跟我剛才說過的一樣，帆波是學生會的成員。她將來也很有可能當上學生會長。我必須保護她才行呢。」

「我能夠清楚理解在南雲學生會長眼中，我跟一之瀨的關係看起來很不自然一事了。不過，你在目前這個階段就選擇介入，是否操之過急了呢？」

「確實啊。如果是帆波跟你在交往，而且一直被蒙在鼓裡的話也就罷了，看起來好像也不是那麼回事呢。說不定你們是在商量完全無關的話題。不過呢，你們看準晚餐前的空檔，挑在這種沒有人煙的地方兩人單獨碰面的話，也難怪我會這樣瞎猜吧？你的女朋友要是看見這種情況，一定也會很傷心吧。」

「的確，這樣說不定會產生不必要的誤解。」

「這不過是我身為學生會長……不，是身為學生會的人，做了理所當然的事情而已。」

南雲在最後稍微對一之瀨使了個眼色後，靠近我這邊。

「下次介紹你的女朋友給我認識吧。畢竟我想先見一次面嘛。」

然後南雲拍了拍我的肩膀，在我耳邊低語：

「你要怎麼看待我的做法是你的自由。不過呢，這甚至還沒有開始喔？」

「還沒有開始──是嗎？」

「在一百個真相中混入一個謊言，也沒有任何人會發現。你要在事情變得無法挽回前做出決斷啊。要是想跟我一戰了，隨時都可以來見我。只要你下跪給我看，我就陪你玩玩。」

換言之，只要不答應與南雲的對決，糾纏不休的監視與騷擾就會連綿不絕持續下去。他就算來硬的，也打算把我拖到對決的舞台上。

「回頭見。」

南雲留下這句話，離開了現場。

還沒有開始──嗎？南雲專屬的壓倒性監視網與情報網。

所有三年級生都會成為他的手腳採取行動，成為他的眼線收集情報。

對於在這所學校內生活的學生而言，這等於是每天的生活都會被洩漏出去。還有在一百個真相中混入一個謊言那句話。

這表示雖然他現在只是道出真相，但也會在其中開始摻雜謊言。

在旁人眼中看來，只是騷擾行為變本加厲。南雲的行動也可以說是孩子氣的行為。不過，他卻比至今對戰過的任何人都更猛烈地在精神上對我造成傷害。

南雲根本不在乎他執著於我這件事會導致同年級生的反感。

這是他不覺得會因為這種程度的事情失去信賴，還是他從一開始就不打算獲得什麼信賴，認為只要能用規則綁住人就行了呢？

總之唯一可以確定的是，南雲抱持著相當的覺悟吧。

南雲離開後，只剩下靜寂的時刻殘留在現場。

絲毫沒有醞釀著我們剛會合沒多久時飄散的那種有些緊張雀躍的氣氛。

只是一段沉重無比的安靜時光。

「啊、啊哈哈。話題好像中斷了呢……」

「是啊。」

「呃，那個……我為什麼會被找到這裡來呀？」

「這是因為要回覆妳在無人島的——」

「啊～～！那個、那個呀？那個就……那是因為……所以說……」

一之瀨大叫出聲後，聲音變得越來越小。

「你可以……忘了那件事嗎？」

吐出這句話的一之瀨一直讓笑容不垮下來。

「對不起，我什麼也不知道。我擅自在那邊手舞足蹈，擅自說了那些奇怪的話……」

「就像南雲說過的那樣，我沒有告訴周圍任何人。妳不知道是理所當然的。」

「說、說得也是呢？或許是那樣……但果然是我太笨了呢！畢、畢竟綾小路同學很溫柔……又非常出色……怎麼可能沒有女朋友呢……」

一之瀨盡力保持著笑容表現出她堅強的意志，但雙眼卻與那張笑容相反，她很明顯地濕了眼眶，大量淚水開始在她眼睛裡打轉。她一邊故作平靜，彷彿什麼事都沒有的樣子，拚命忍住不讓那些淚水掉出來。

當一個人喜歡上另一個人，然後對方另有心上人時，那個人會抱持怎樣的感情呢？

只是從電視節目或書上聽說，絕對不會明白這些事。

雖然跟計畫有些不同，但我此刻在眼前切身體會到那種感覺。

「——再見了。」

一之瀨留下好不容易擠出來的這句話，跑著離開了。

我沒有朝她的背影搭話或伸手，只是默默地目送著她。

「南雲嗎。說不定與一個比我想像中更為棘手的對象為敵了啊。」

雖然稍微跟計畫不同，但我的目標依然不變。

儘管對自己不利的狀況越來越多讓我感到麻煩，但我仍不由得感受到從內心深處湧現的好奇心正逐漸膨脹起來。

犯桃花的尋寶遊戲

在船內的假日也只剩下三天了。

過於充實的生活飛快地流逝。

正當每個人都對這艘遊輪上的生活依依不捨時，學校在清晨對全校學生同時寄出了郵件。最先打開手機的本堂唸出內容。

「自本日早上十點起舉辦尋寶遊戲？這什麼啊。」

所有人都同時仔細閱讀起含有「遊戲」這個陌生詞彙的郵件。

「尋寶遊戲」

・可自由參加的獎勵遊戲

・參加條件：不分男女，一人以上即可參加，必須支付個人點數一萬點的參加費

・實施日期：本日八月八日

・詳細說明請至會場（必須在上午十點前抵達五樓）

·聽取說明後也能選擇不參加

「有一瞬間還以為是特別考試，但也不可能是那樣嘛。自由參加感覺挺有意思的耶？」

不僅可以自由參加，個人背負的風險也只有一萬點的參加費而已嗎？

雖然目前還不清楚詳情，但既然叫做尋寶遊戲，應該可以認為會有超出參加費的高回報吧。推測是找到寶藏的話，就能獲得個人點數之類的簡單內容。

對於經常為錢所困的我來說，這內容讓我覺得既然有獲得臨時收入的機會，試著積極參加也不錯。而且一萬點就能參加，感覺也可以說是良心價格。

宮本與本堂當然會參加，他們開始討論等用完早餐後一起前往的事。我也在想要不要邀明人一起參加……

「不用在意我，你們好好去玩吧……」

在床上有些慵懶似的吐氣的明人正因為發燒而躺平。

或許是昨天在私人游泳池玩得太起勁的緣故。

「要不是禁止帶私人物品上船，我就能借遊戲機給你了～」

「這種狀態我也沒心情玩遊戲啦……」

明人有些傻眼地將臉埋進枕頭裡。

我們就這樣讓明人躺著休息，用完早餐之後，直到九點五十分左右都在房間悠哉地度過，然後雖然有些於心不忍，還是決定丟下明人，三人一起前往會場。

1

指定地點的會場有許多學生蜂擁而至。

我以為應該會有不少人來參加吧，但這大約是全校學生的一半。

我原本預想參加者會更多一點，但說不定對尋寶沒興趣的學生認為這是大好機會，打算趁機在沒什麼人的游泳池等地方盡情享受吧。

既然是自由參加，要如何運用這一天是學生們的自由。

似乎過沒多久便迎向截止時刻，前方的舞台開始吵鬧起來。

負責說明遊戲內容的似乎是三年A班的班導高遠老師。

好像幾乎所有教職員都聚集起來了，但沒看見月城代理理事長，還有一年D班的班導司馬的身影。假設司馬也是受那個男人僱用的話，因為這次的事件而引退也不奇怪吧。

實際上，他的樣貌跟任務都被真嶋老師和茶柱他們知道了嘛。

「各位同學早安。因為已經到上午十點了，報名就此截止，只受理目前聚集在這裡的學生。」

站在入口的其他老師緩緩地關上門。

縱然是自主參加型的遊戲，規則就是規則。

只要超過一秒，他們就不會讓遲到的人參加吧。

「在開始說明前，我先解釋決定進行這場尋寶遊戲的原委。這次的尋寶遊戲起因於身為學生會長的南雲同學提議，在置身於嚴苛無人島生活的同時還按年級別互相競爭後，為了增進感情也應該進行能樂在其中的趣味休閒活動。南雲同學，請上前致詞。」

被高遠老師點名，南雲站到參加者們的面前。

「這次在校方的全面協助下，得以舉辦這場獎勵遊戲。學生會的慣例是以充實與提升校園生活為目的，因此才會有這次的提案。雖然無人島考試時全年級大多都殺氣騰騰地互相競爭，但這場尋寶遊戲能夠跨越年級隔閡來組成搭檔。請各位務必活用其好處來參加遊戲。」

他伴隨著這番很像是認真的學生會長的發言，簡短地做了個總結。

我回想起昨天在我們面前現身的南雲。

學生會的成員也包含一之瀨，只見她坐在教職員們身旁聆聽致詞。

就我從這裡能看見的範圍，她看來跟平常沒兩樣……

我回想起昨天一之瀨忽然流下的眼淚。

她內心受的傷絕對不輕吧。雖然她現在像那樣表現出自然的態度，但應當需要相當長的時間才能讓傷口癒合。

到時她對我抱持的愛慕之情就會消失無蹤，說不定還會懷有敵意。

究竟會有怎樣的變化呢？唯一可以確定的是對她而言將成為今後的重大轉捩點。

南雲的致詞結束後，麥克風再次交還給高遠老師。

「學生會的成員要負責營運管理，因此無法參加這場尋寶遊戲。必須犧牲假日進行事務作業，麻煩各位了。」

以堀北和一之瀨為首，好幾個學生會成員被召集到南雲那邊。

「那麼，接下來說明尋寶遊戲的概要，沒有什麼複雜的規則，是非常簡單的內容。」

高遠老師舉起右手，他的拇指與食指之間夾著一張正方形的紙。邊長大約五公分吧。那張紙上列印著二維條碼。

「我們事先在船內各處貼了共一百張印有這個二維條碼的貼紙。要請各位參加者進行找出這種貼紙的尋寶遊戲。透過專用的應用程式讀取二維條碼，就會發放作為報酬的個人點數。只不過一支手機能讀取的次數僅限一次。在訪問網站的瞬間就會即時更新結果並發放報酬，所以請各位多加注意。當然一度使用過的二維條碼，即使用其他手機讀取也會失效，無法獲得報酬。此外，倘若有人做出擅自撕掉貼紙或用筆等道具讓人無法讀取條碼等違法行為，縱然是遊戲也會嚴加懲處，請各位絕對要避免這種行為。」

原來如此，是非常簡單而且運氣很重要的遊戲啊。

「能獲得的個人點數最低為五千點。我們準備了五十張五千點的貼紙，正好是整體數量的一半。然後第二多的是一萬點的貼紙，共三十張。」

很遺憾地，這表示在一百張貼紙裡面，有一半會吃虧嗎？

就算能找到那百分之三十裡的其中一張，也只是打平，不會多賺。

「至於剩餘二十張的內容，有十張是五萬點、五張是十萬點、三張是三十萬點。然後剩餘兩張分別是五十萬點與一百萬點。關於那些被藏起來的二維條碼，各位大可認為要找出來的難易度越高，能獲得的個人點數就會越多。」

既然參加者大約兩百人，表示每兩人就有一人無法獲得點數；但若能找到難易度最高的二維條碼貼紙，就能獲得一百萬點嗎？即使是特別考試，也不可能輕易得到這樣的金額。如果是這樣，就算要背負有一半機率會吃虧的風險也不奇怪，不過……

「參加遊戲的學生人數有兩百人以上，但我們準備的二維條碼貼紙只有一百張。無法避免會有學生拿不到任何點數的情況。不過我們也準備了避免這種風險的方法。參加者不分年級，可以兩人一組，只要在兩人一組的狀態下用其中一方的手機讀取二維條碼，假設那個二維條碼的報酬是三萬點，就會分別發放三萬點給搭檔的兩人。」

也就是說，假設只有兩人一組的搭檔讀取了那一百張二維條碼，就有兩百人能獲得報酬。能夠大幅降低一點也拿不到，白白損失報名費的可能性。

要說有什麼壞處的話，就是發現多個二維條碼時，可能會因為要讀取哪個二維條碼而起爭執吧。雖然有這種多少需要調整的壞處，但感覺兩人一組的好處似乎較多。

「此外，關於貼有二維條碼的場所，已經事先決定好範圍。」

說是船內各處，但當然也存在著多數被定為不可侵犯領域的場所。

高遠老師一邊利用螢幕，一邊繼續說明。

簡單地做個總結，就是廁所和客房當然不會藏有二維條碼的貼紙，此外工作人員專用的樓層和室內當然也排除在外。

還有學生被禁止進入的樓層也沒有藏著貼紙。校方強調地點僅限於公共場所與允許學生移動的範圍內。

「還有——我們會發放這個給各位。」

高遠老師這麼說道後，教職員們同時開始發放紙張。

過沒多久，被對折的紙張也送到了我的手上。

那張紙是將船內地圖稍微加以修改，在貼有貼紙的區域上色。然後還記載著陌生的文章內容

與圖形。

「基本上運氣在這個遊戲中占了大半。不過，我們也事先摻雜了一些跟實力相關的要素。」

恐怕就是指交給學生的地圖上寫著的文字圖形吧。

「這上面寫著三道謎題。只要解開這些謎題，就可以得知總共三處的二維條碼隱藏地點；僅限這三處地點是解開問題才能找得到的——請各位這麼想。」

在總共一百張貼紙中，作為例外所準備的三張二維條碼貼紙嗎？

我用速讀法抓住三道謎題的重點後，將那張紙收進口袋裡。

「從現在開始的三十分鐘內會受理報名。請各自利用手機表明是否參加。此外，如果有人因電量不足等原因無法打開手機，請盡快向附近的老師提出。」

接連拿出手機的學生們開始報名。雖然也有幾名學生離開房間，但應該可以視作在場的所有人幾乎都會參加吧。尋寶遊戲的結束時間是下午五點。必須在這個時間前讀取二維條碼。

我也不例外地拿出手機，跟大多數人一樣決定參加。

不過，有這麼多人在場的話，盯著我看的視線也是這幾天來最多的一次。

規模搞大成這樣的話，自然也會有其他年級的學生注意到他們好像在看著哪邊。有商量好互相合作，或是南雲事先發出了那樣的指示呢？倘若其他年級的學生開始追逐起視線，盯著我看的視線就會暫時減少並分散。

在目前這個階段，南雲似乎還不打算讓眾人知道他在監視我啊。

他想保留到更有效果，能對我造成更大損傷的場面。

既然不曉得他最終目的是什麼，我也必須高明一點地行動。

我得當作所有情報都被偷走了，小心謹慎地行動。

雖然參加者裡面也有我的女朋友——惠的身影，但我們連視線都沒有對上。

既然還沒有公開我們兩人的關係，就應該避免露骨的眼神交流。

當然，就算校方說能兩人一組，我們也不會搭檔。

在周圍的人都知道的地方，我不考慮讓綾小路清隆與輕井澤惠兩人搭檔。

這時，堀北拿著麥克風在學生們的面前現身。

「我是學生會的堀北。有件事要麻煩各位參加的學生。為了澈底防止作弊行為，要請參加者離開房間時，支付一萬點參加費，並同時在年級別的名冊寫上名字。我們不承認任何代簽的行為。這是為了防範有人利用第三者的手機違規參加的措施，還請各位諒解。領取報酬後，請在遊戲結束時間之前回到這裡進行報告。倘若無視這點，報酬可能會無效。」

就憑手機的簡易結帳，沒辦法將手機與學生連結起來。

因此我也可能用別的手機參加遊戲。先不論這件事本身會有多大的問題，這樣確實偏離了遵守原本規則來參加的遊戲宗旨。不過在結帳時強制參加者在名冊上簽名確認為本人，就能將那支手機跟本人的東西連結起來。就算我用別人的手機獲得報酬，校方也能在最後一道檢查關卡抓到違規；就算我讓手機的主人自行前往，但因為名冊上沒有他的名字，所以不會被承認。學生會的成員與教師合作，在出入口擺放了一張特別設置的長桌。

好像要在那邊從手機支付參加費，按年級別寫上名字後才離開房間。

畢竟也有可能發生並未支付參加費的人偷偷下載應用程式的狀況嘛。

從安裝完應用程式的學生開始依序離開現場。

我也混入人群之中排隊，沒多久便抵達正在受理報名的堀北面前。

「在這裡寫上名字。然後我們會徵收一萬點。」

她公事公辦地向我說明，於是我在名冊寫上自己的名字。

然後將手機放在結帳用的機器上，支付一萬點。

這樣我就正式參加了這場尋寶遊戲。

「下一位。」

我沒有跟堀北特別聊些什麼，就隨著人群離開了室內。

2

那麼，突然開始了到傍晚為止的尋寶遊戲。

雖然多少有些應該遵守的規則，但那基本上是關於違規的內容。

剩下就是只管拎著好運參加，不過……

因為從起點就是貼有二維條碼的範圍內，所以周遭擠滿了人，非常混亂。

彷彿蝗蟲過境一般，眾人以非常驚人的速度展開調查。

就算我現在跟著加入，也沒有空位可以插進去吧。

也出現了同樣看到蝗蟲大軍後，開始改變尋找地點的學生。

還有更多的是用手機互相聯絡的學生。恐怕他們是一邊尋找二維條碼，同時招募可以一起搭檔的對象吧。

就算不直接碰面，也能在應用程式上組成搭檔，因此也有分頭尋找這個方法。

「欸，森同學，要不要從上面開始找？」

慢了些才從會場出來的惠，跟同班同學的森寧寧很要好似的離去。

看來惠似乎很快就抓住同班同學，組成搭檔了。

我當然是隻身一人，因此我決定總之先到最底下的樓層。

畢竟要是跟惠一樣從上面的樓層找起，就會待在相同的空間嘛。

話說回來——我的手機沒有收到任何傳給我的聊天室訊息。

這種時候希望至少有一個人來邀我搭檔也不過分吧？

不，別想得太深入。總覺得想太多就輸了。

說到底，無論是郵件或聊天室，我交換過聯絡方式的對象並不多。

雖然綾小路組還有啟誠有空，但他似乎對這類遊戲沒興趣，很早就表明他不參加了。明人身體不舒服，波瑠加跟愛里又打從一開始就像是兩人一組了嘛。

「啊……」

我為此開始移動時，突然從正面碰上了佐藤。

原本打算稍微舉手打招呼後就離開，但……

「啊，等、等一下！」

她抓住我的手臂，一臉慌張似的叫住了我。

「我說呀……綾小路同學已經跟誰組成搭檔了嗎？」

「不，我一個人。」

我沒有在前面加上「現在是」，因為我接下來也沒有要找人搭檔的計畫。朋友變多跟是否有能在這種活動中一起行動的夥伴是兩回事。

雖然自己這麼講有點空虛，但我強忍這種感覺。

「既、既然這樣，可以跟我……組成搭檔嗎？」

她出乎意料的提議讓我有些傷腦筋，不知該怎麼回答。

佐藤是去年我有生以來第一次被告白的對象。我無法回應她的心情而拒絕了她，接著之後跟惠交往了。我做了理所當然會被她討厭的事，壓根沒想到她會提議要跟我搭檔。

雖然沒什麼理由拒絕，但老實說也沒有理由答應。

惠因為在表面上跟我的關係是祕密，所以已經找森組成搭檔，我正好在剛才看見那一幕，話雖如此，是否可以跟佐藤搭檔又是另一個問題。

「你很在意小惠……？」

我也很難回答說「沒錯」，但我的態度似乎讓佐藤立刻察覺到了。

「我有聽說你們打算向大家報告你們兩人在交往的事情喲。」

「是這樣的嗎？」

我們之後會在第二學期公開我跟惠的關係，惠好像趁機先發制人了啊。

從過去松下曾說過的話中，也可以知道佐藤一直很注意我跟惠的關係。

「畢竟我們也交往一段時間了嘛。不是能永遠當成祕密的事情。」

「哎，雖然也有很多情侶祕密交往，但我想能注意到綾小路同學跟小惠這個組合的人非常有限。」

佐藤跟她要好的幾個女生說過她在懷疑我跟惠的關係。

當然我並非直接從她本人口中聽到她這麼說過，但從跟她接觸過的松下的語氣來推測，應該也不會錯吧。當然佐藤沒有做錯什麼。她不過是在一無所知的情況中，憑自己的感覺去推測，然後說出來而已。

「啊，可是，我是因為那個喲？該怎麼說呢，我會提議組成搭檔，是因為我覺得你應該是個可靠的夥伴。其中並沒有別的意思……不行嗎？」

她堅決地表示絕對不是因為什麼奇怪的理由。

「妳手上有多少個人點數？」

「嗯～要告訴人有點難為情……大約十八萬點吧。」

雖然我的財務狀況也沒資格說別人，但考慮到個人點數才匯進帳戶沒多久，這個金額絕不算多吧。縱然風險很小，但要用掉寶貴的一萬個人點數來參加，她也是下了某種程度的決心吧。

既然如此，自然想找出難易度較高的二維條碼，也會想先找人搭檔。

「我知道了。佐藤不嫌棄我的話，我們就兩人一組吧。但我不能跟妳保證成果如何。」

「真的？太棒了！」

佐藤對開心的事情會坦率地感到高興的態度，讓跟她搭檔的我也覺得很舒服。

我們拿出彼此的手機，透過應用程式發出搭檔邀請與同意。

這下我們就正式成為搭檔，只要用其中一方的手機讀取二維條碼，就能獲得報酬。

剩下要做的就只是拿到最少三萬點以上的報酬。

「這麼說來，老師們有給一張奇怪的紙對吧？」

佐藤從口袋裡拿出皺成一團的紙。

「啊！」

是看到拿出來的狀態，才想起自己把紙揉成一團的事情嗎？佐藤一臉難為情似的立刻將紙收進口袋。

「啊，這、這是因為那個……就算看了也根本不懂……啊哈哈。綾小路同學也有一張對吧？」

她似乎是覺得解不開謎題，就隨便把紙揉成一團了。

我拿出對折了兩次的紙，在佐藤面前攤開。

「這個可以知道指示出二維條碼所在處的三個地方對吧？」

「是啊。」

「那麼，只要解開這個，就有可能拿到一百萬點？」

「不，應該不會是那樣吧。」

這樣好像在粉碎她的希望，雖然感到抱歉，我還是立刻回答。

「咦咦？是這樣嗎？」

在一百張二維條碼貼紙中，只有三張是弄成謎題，只要解答出來就知道貼紙藏在哪。因此，解開這張紙上的問題並找到二維條碼，對這三個條碼寄予希望，但……

「這三個提示以難度來說都大同小異。既然如此，無論解開哪個題目，我想能獲得的報酬都沒差。是有一定張數的十萬點……或者可能是五萬點也說不定。」

「咦咦？可是既然有三題，有沒有可能是剛好有三張的三十萬點呢？」

「確實很容易聯想到限定三張的三十萬點，但機率很低吧。」

這裡面應該不會有高額的個人點數報酬吧。

「咦咦？就算能解開這麼困難的問題，也只能獲得那樣的點數嗎？」

「這場尋寶遊戲的定位是完全以運氣為中心的獎勵遊戲。如果由機靈的學生或解開問題的學生獲得名額較少的一百萬點或五十萬點，或是佐藤說的三十萬點的話，其他眾多學生可能會無法接受。如果是佐藤妳，不會那麼想嗎？」

假如全部都是三十萬點，就表示應當是靠運氣尋寶的遊戲不會剩餘任何一張三十萬點。那樣以遊戲來說等於是不成立。

這張紙終歸只是救濟措施的一環，必須認為報酬不會太多。

「這、這樣呀。的確，如果每題都是高報酬的二維條碼，可能會讓人覺得不爽呢……」

佐藤考慮到解不開謎題的自己會怎麼想，似乎馬上就能理解了。

「以這些提示為根據來找出二維條碼不是壞事，但找到的二維條碼在讀取並獲得個人點數前，不會知道結果。要是隨便動手，也可能會因此錯失機會。」

雖然這場尋寶遊戲有好幾個小時，但重大勝負大約在最初的一、兩個小時就會決定了。

「那表示我們可以無視這些謎題呢。」

「如果有用到這張提示的時候，大概就是在遊戲即將結束前還沒找到感覺不錯的二維條碼時吧。我已經知道指示的地點了。」

雖然感覺想依靠這個的時候，可能早就被其他學生回收走了吧。

「……難道綾小路同學你已經解開了這張紙的提示嗎？」

「大概知道啦。」

「好厲害……！」

那些提示並沒有設計得太艱深。畢竟這是一年級生到三年級生都能參加的遊戲，因此與其說是要從正面突破的難題，更接近解謎的形式。

就在我們說著這些話的期間，參加尋寶遊戲的學生們也在周圍順手搜索著二維條碼。雖說貼有二維條碼的區域限制在某種程度內，但兩百人同時開始尋找的話，大半貼紙很快就會被發現了吧。

高額的二維條碼也有可能藏在離起點很遙遠的地方。

「總之我想先找找看下層。」

「我知道了，要從哪裡開始找這點，就交給綾小路同學決定吧。」

我跟佐藤並肩前往被指定為搜索範圍的最下面樓層。

然後我們兩人一起花了大約五分鐘尋找二維條碼，但只有發現兩張顯眼的貼紙。是地點不好嗎？還是說藏在更難找的地方呢？

就在我一直抓不到感覺時，周圍的學生開始慢慢變多了。

「我說呀，綾小路同學……」

「怎麼了，找到條碼了嗎？」

「不、不是那樣的……我、我可以去一下洗手間嗎？早上喝了太多飲料……其實我本來打算剛才去一下的……」

佐藤露出非常難為情的模樣，這麼詢問我。

「原來如此，妳就是在那個時間點發現我的啊？」

她滿臉通紅地點了點頭。

「對不起喲，明明你應該想盡快找出條碼——」

我絲毫不打算叫她別去上廁所。我爽快地送佐藤離開。

「我、我馬上回來！」

「別太慌張啊。」

總之我先送佐藤去廁所，然後一個人繼續搜索附近。

「綾小路同學也有參加尋寶遊戲呀？」

正當我窺探著沙發底下的時候，有個聲音從我背後搭話。

我心想是誰叫住了我，原來是同班的松下。

今天是個常被同班同學搭話的罕見日子啊。

與此同時，原本應該在跟松下說話的三年級生多多良露出疑惑的表情。

「……是綾小路喔。」

「你認識綾小路同學呀？」

松下感到不可思議似的窺探多多良的臉，於是他露出尷尬的表情移開了視線。

雖然松下無從得知，但可以確定目前三年級生全體都從南雲那邊收到了關於我的某些指示。

「現在正忙著尋寶，有事之後再說啦。時間寶貴，我們走吧？」

「要這麼說的話，多多良學長也是呀。請你別管我了，去找其他人搭檔。」

在這裡出現的三年級生多多良，說不定是用來刺探南雲戰略的好機會。

「原來學長也參加了尋寶遊戲啊。」

我主動開口向他搭話，於是他露骨地擺出厭惡的表情，移開了視線。

聽到他小聲咂嘴，松下也察覺到多多良的樣子有了變化。

「您怎麼了嗎？多多良學長。」

我再一次這麼搭話，於是多多良明顯地表現出想逃走的態度。

從最初的印象也能感受到他對松下抱持著某種好感。

但比起想跟松下搭檔的心情，他更厭惡與我接觸，這應該可以視作他收到不准隨便與我對話的指示。

「松下，回頭見啊。」

「啊，好。」

不是很明白情況的松下輕輕一笑，朝多多良揮了揮手，向他道別。

多多良儘管有些依依不捨似的看著松下，仍然瞪了我一眼後離去。

「呼——雖然不知道是怎麼回事，但這下得救了。綾小路同學跟多多良學長之間發生了什麼事嗎？」

縱然不曉得南雲發出的指示，只要看到三年級生那種態度，也會感到可疑吧。

「什麼也沒有，畢竟我們也沒說過話嘛。」

「是哦？」

雖然她好像無法接受，不過她如釋重負般安心地鬆了一口氣。

「欸，該不會綾小路同學也是一個人？假如你一個人，要不要跟我搭檔？」

「喔，不是——」

正當氣氛變得好像要被松下邀請一起尋寶時，有個腳步聲從後面飛奔過來。

「等一下，松下同學，我已經跟綾小路同學組成搭檔了喲！」

從洗手間回來的佐藤以猛烈衝刺縮短與松下的距離，抓住她的雙肩。

「咦？啊，是這樣呀？」

儘管對佐藤那異樣的速度與壓迫大吃一驚，松下仍轉過頭去。

「話說我剛才看到多多良學長，他不是跟松下同學一起行動嗎？」

「該說一起行動嗎？還是該說我只是被他纏著不放呢……」

看來關於這個叫多多良的三年級生，不只是松下，佐藤好像也認識的樣子。他是三年A班的學生，在OAA上整體來說有B～C這種略高於平均的成績。以男生來說，他還留著奇怪的長髮造型。

那種髮型不知道叫什麼名稱呢……那方面的事情我不是很清楚。

「他太積極獻殷勤，讓我有點不敢領教。雖然我委婉地拒絕了他啦～」

「啊～我懂～」

我不懂。

總之，來重新調查剛才調查到一半的沙發底下吧。

「話說綾小路同學，那裡應該沒有貼紙吧？就算有，我覺得也是便宜的二維條碼。」

的確，沙發底下很容易被選為二維條碼的典型隱藏地點。

實際上，只要稍微換個角度蹲下，就可以看見在這個沙發的地板上露面的二維條碼身影。當然，我不會讀取這個二維條碼。

「重要的是校方的模式。」

「模式？」

「重點在於決定實施這場尋寶遊戲時，校方是如何決定二維條碼的價值。」

「咦、呃……？」

不是很明白的佐藤疑惑地歪頭。

相對於此，松下沒有多想什麼就回答道：

「當然會在很難發現的地方準備價值較高的二維條碼對吧。」

「沒錯。既然如此，接著問題就在是誰來判斷那個『很難發現』的地方。」

「是老師！」

佐藤彷彿這次要回答似的搶在松下前面先說。

不過松下像在補充似的附帶說明：

「要貼一百張二維條碼一定很辛苦吧。我想應該是老師貼的沒錯，但很難想像只有一、兩個人負責貼。就算是趁昨天深夜分頭去貼，也得派出好幾個人……」

「他們是在學生忙著無人島考試時，深思熟慮地決定要把二維條碼貼在船內的某處嗎？還是突發性地託付給負責貼的老師呢？只要能知道這點，也會比較容易推測貼紙貼在哪裡。」

「抱歉，我完全不懂這番話的意思……」

「畢竟通道的設計和擺放的裝飾，基本上都是一樣呢。」

「妳聽懂剛才那些話是什麼意思了嗎，松下同學？」

「算是啦。」

「好厲害喲，綾小路同學！」

「我覺得著眼點很有意思，但這只是尋寶遊戲，應該可以更輕鬆點玩吧？」

「……說得也是。」

被她這麼說，我也沒辦法反駁。

我只是覺得姑且先用邏輯推論看看，比較不會後悔而已。

「不過這樣呀，真遺憾。居然已經被搶先了。」

「遺、遺憾？」

「我也去找個更可靠一點的搭檔好了。回頭見。」

畢竟在這裡站著聊天，也只是在場所有人都會錯失機會而已嘛。

3

尋寶遊戲開始後，過了將近一小時。大部分參加者們都分散各處，不會看見好幾十個人聚集在一個地方的景象；儘管如此，反覆擦身而過的話，還是會看到拚命地在尋找類似同個地方的身影。

就心理層面來說，要讓人讀取最先找到的二維條碼很困難。

因為即使那就是被視為最難關的二維條碼，我們也沒有除此之外的標準可以用來判斷。包括我們在內，恐怕也有一定比例的學生雖然發現了五十萬點或一百萬點的二維條碼，卻選擇保留或無視吧。

「早安，綾小路學長。」
「嗯？喔，早安，七瀨。」
才心想有個從背後靠近的氣息向我搭話，原來是七瀨。
今天也一樣，更新了我們從開始放假後的連續遭遇紀錄啊。
「……誰？」
不知為何表現出露骨警戒心的佐藤瞪著七瀨。
另一方面，七瀨則沒有對那樣的視線感到不快，而是低頭打招呼。
「我是一年D班的七瀨翼。」
「是哦……感覺不像一年級生呢。」
佐藤看著某個部分，像在發牢騷般說道，但七瀨感到不可思議似的疑惑歪頭。
「是這樣嗎？我認為自己並沒有出色到從平常就會被當成高年級生看待。」
「啥、啥啊？這哪裡不出色啦。不管怎麼看都很出色吧！」
「是、這樣嗎？既然能受到學姊稱讚，我十分開心。我會每天精進自己，讓自己能變得更出色。」
「變得比現在更出色也不能怎樣吧，應該說妳打算怎麼變得更出色？」
自己也想變出色嗎？佐藤有些積極地詢問。

「要具體說明有些困難……嗯——我認為心靈的成長是不可或缺的呢。」

「心、心靈？不是喝牛奶或每天按摩嗎？」

「我想那種促進身體成長的行為當然也跟變出色有所關聯，但以我的情況來說，果然還是要從心靈開始培養呢。」

「哦……我第一次聽說。好像滿有說服力的。」

感到佩服是很好，可是佐藤，我想妳跟七瀨大概是雞同鴨講喔……

「七瀨也來尋寶？」

「咦？啊啊，不是，我不是來尋寶的。因為總覺得今天想要好好放鬆休息。」

她好像沒有參加尋寶遊戲。既然這樣，她為何會在這種地方現身呢？

「綾小路學長今天似乎也很有精神，真是太好了。那麼，我差不多該告辭了。」

跟七瀨分開後，隨後也跟中泉擦身而過。

「中泉嗎？」

「嗯？中泉同學怎麼了嗎？」

雖然這幾天一直提醒自己別放在心上，但看來果然不是偶然。

每天遭遇到七瀨並非單純的偶然。

首先，七瀨是為了逐一確認我的情況，才企圖與我接觸。

雖然第三天是我在甲板上先發現正在用午餐的七瀨，但假如我沒有前往那個地方，七瀨應該也會主動來找我吧。

還有，中泉一直追在七瀨後面。

或許他並非每次都追在七瀨後面，但可以確定他有什麼企圖吧。而且中泉的背後十之八九可以窺見龍園的影子。

我原以為他是在調查我跟七瀨的關係，但中泉一次也沒有表現出留意我的態度。既然如此，應該視作他純粹是在盯著七瀨比較好吧。

我試著稍微推理他會盯上七瀨的理由。龍園正在尋找讓小宮他們受傷的犯人。倘若跟這件事相關，那七瀨完全是清白的。找須藤和池作證也能弄清楚這件事吧。那麼，為何要監視七瀨呢？那天看見天澤一事是我跟她共通的認知，但假如七瀨隱瞞著比這更多的情報，情況也會有所不同啊。現在思考這些，也不會知道更多事情吧。我暫且先放到腦海的角落。

「啊，找到了喲，綾小路同學！在有點難發現的地方！」

佐藤很開心似的大喊，用手指著。

那是幾乎不會映入眼簾的立燈燈罩內側。

二維條碼的貼紙像要躲藏起來似的被貼在那裡。

所幸現在除了我們之外，沒有看見其他人的身影。

「但是不讀取看看的話，就不曉得這大概是多少點對吧？」

「很難抉擇呢。」

雖然覺得應該不是最多張的二維條碼，因為那種地方要發現貼紙好像很困難，但似乎也沒那麼困難，所以很難判斷。

「怎麼辦？」

「這個嘛……」

話雖如此，但這肯定是捨棄掉也很可惜的二維條碼。

我拿出手機，調成相機模式後，對準二維條碼。

「咦？就、就這樣直接讀取真的好嗎？」

「不，我不會讀取。」

「咦？」

我按下拍攝鍵，將放大的二維條碼拍成照片保存。

「你在做什麼呀？」

「感覺能獲得高額個人點數的二維條碼，先像這樣拍成照片保存下來。假如之後找不到其他更好的二維條碼，就能用佐藤的手機從我保存的照片讀取二維條碼。」

「咦？是、是這樣嗎？拍成照片的條碼也會有反應？」

「只要拍得夠清楚，就能正常發揮作用。」

要為了找之前發現的二維條碼再次回到這裡來，實在太沒效率了。雖然也有可能被其他競爭者搶先一步，但只要找到好幾張貼紙事先保存下來，逼不得已時也能隨手拿來一個一個讀取。只要能讀取到其中一張就算賺到了。只要有一支手機，將相機對準二維條碼，就能顯示出URL。

但就憑我們使用的手機功能，在沒有訪問網站的情況下，無法把URL先複製下來。換言之，如果想留下URL，就必須之後手打輸入。而且萬一不小心手誤點開URL，應用程式就會自動讀取條碼，點數將直接匯進帳戶。

「校方曾說過組成搭檔只有好處，並不是只有共享點數這件事而已。還可以實行這種利用兩支手機節省時間的技巧，也能用來防止操作意外。」

雖然我這麼說了，在遊戲剛開始時就急著衝刺的學生們或許會看漏這件事，但這種程度的技巧，應該有很多學生也在實踐吧。

總之剩下的就只能期待這個二維條碼不會被發現。

要是被人目擊到我們在觀察立燈，這個地方馬上就會暴露。

「我們移動吧。」

「嗯！」

然後我們換了個樓層，再次開始探索二維條碼。

我伸手摸索著某個沙發底下調查，於是發現有什麼東西在那裡。

「這裡也有呢。」

「這模式還真容易摸透呢。居然同樣藏在沙發底下。」

「佐藤，妳可以幫忙看守一下周圍嗎？」

「可以呀，但怎麼了嗎？」

我在沙發前一屁股坐下，像要窺探似的低下頭。

「這種二維條碼不是不能期待嗎？」

「如果是這裡的二維條碼的話啦。」

我用手摸的不是沙發下面，而是沙發底部。

一般來說，就算會窺探沙發下面掃視地板，也不會去看沙發內側。與其說不會去看，應該說看不見比較正確吧。

但用手去觸摸的話，就會發現感觸不同。原本沙發內側應該是布料，如果摸起來不是平的就很奇怪。然而，我摸到的地方有個邊長五公分，略微突起的東西。換言之，表示那裡貼著貼紙。

我將手上拿的手機伸進沙發下面拍照。

伴隨著相機的閃光，將黑暗中的二維條碼拍成照片保存下來。

「哇，真的耶。是二維條碼……！一般是找不到這個條碼的呢！」

假如是單獨一人參加這場尋寶遊戲，要讀取這個二維條碼就沒那麼容易吧。只要打開閃光燈，拍照後也能保存拍下來的二維條碼，但無法用自己的手機讀取。

就算要把沙發翻過來檢查，也得花很大的工夫，而且會引人注目，因此考慮到會被其他學生看見的話，實質上需要具備讀取這個二維條碼的覺悟。

但既然是兩人一組，只要讓佐藤讀取這張照片就行，因此能順利地進行作業。

「看來校方也考慮了很多啊。」

發現了新的讀取候補的我們，決定繼續向前進。

4

雖說船內很廣闊，但學生並非能自由移動到各種地方。因此必然會集中在能玩樂或能放鬆的場所，所以也常有出乎意料的邂逅。

某個男人是為了前往露天咖啡廳，另外某個男人則是為了回到客房。

朝完全無關的地方前進的兩人在走廊上碰面。

因為雙方都走在正中央，絲毫沒有要互相禮讓的意思。幾乎同時注意到對方存在的男人們，

在大約一公尺前停下腳步。

「唷，龍園，之前受你不少照顧啊。」

先開口的是一年D班的寶泉和臣。

「你不躺平沒關係嗎？反正都要躺著，乾脆在床上多睡一個禮拜吧。」

聽到這番話的龍園翔，也像要接受挑釁似的回應。

「放心吧。我不會在這種地方把你打個半死——不，就算打到全死也無法讓我消氣了。要殺的目標從一個人變成兩個人，感覺會變很忙啊。」

「要是輸給同一個對手兩次，就沒辦法耍帥了嘛。別勉強自己啦。」

儘管雙方反覆對彼此挑釁，但絕對不會出拳。

「哈！先不提這些，聽說你私下從一年級生那邊收購了搭順風車卡的效果啊。你好像讓他們下注在叫做南雲的三年級生身上，應該賺了不少吧？」

「咯咯。是誰洩漏出去的啊？虧我還用契約書事先封口。」

在無人島考試前，龍園接近擁有搭順風車卡的一年級生，與他們簽定契約。要交出指定的小組得獎時獲得的所有點數。若只是猜中百分之五十以上的前段排名，能獲得的點數僅三萬。換言之，只要支付三萬以上的代價，自然也會有人放棄那個權利。結果，龍園說中了南雲會得獎，獲得二十八萬的報酬乘以簽定了契約的學生人數。

這件事實就連龍園的同班同學也幾乎不知情，只有他用來實行計畫的夥伴知道。
「要是你舔我的鞋子，我也可以分點零頭給你喔？大猩猩。」
龍園一次也沒有把手從口袋裡掏出，他笑著邁出步伐。
雖然寶泉也能就這樣擋住去路，但他往旁邊閃了一步，讓路給龍園。
石崎雖然提防著寶泉，但也慌忙地跟在龍園後面離開。
寶泉也沒有回頭，一個人光明正大地在走廊正中央邁出步伐。
「那傢伙還是一樣危險呢。不過，他嚇得讓路了喔。」
「那傢伙才不可能這樣就嚇到。」
「可是……」
「那是他在表明決心──等對我還以顏色後，下次換他嗆我『給你機會讓路』。」
在擦身而過的瞬間，龍園感受到了彷彿要迸出的殺氣與凶暴。
「真棘手呢。」
「別管他。我知道那傢伙是個麻煩的對手，但首先要找出那件事的犯人。」
「是。目前讓西野那傢伙抓住了。」
石崎拿出手機確認後，像要帶路似的帶領龍園前進。
之後過沒多久，龍園他們便抵達了目的地。

在石崎說出下句話前，龍園先一步靠近了一名女學生。

「妳是七瀨翼吧？」

「是的。請問找我有什麼事嗎？」

一直被絆住的七瀨不慌不忙地注視著龍園。

她不明白為何自己會被年長一歲的學長姊給盯上。

「不好意思，要占用妳一點時間啊。」

原本只有龍園一個人，或者他跟石崎兩個人就足夠了；但他還是讓用來絆住七瀨的女生西野也同行。因為他知道只有男人包圍住學妹的狀況，對他們而言只可能吃虧，不會變得有利。

「關於無人島考試時的事，我有件事想問妳。」

「考試時的事嗎？」

雖然七瀨還無法理解狀況，但接下來這番話讓她明白了。

「小宮他受傷了。我正在尋找害他受傷的犯人是誰。」

「為什麼找上我呢？」

「那時最先趕到事件現場的是須藤、綾小路、池、本堂還有妳這五人。須藤跟池，還有本堂那傢伙不可能獲得什麼線索。」

「那麼，去問同樣是二年級的綾小路學長不就好了嗎？」

「當然我也會視情況去問那傢伙。不過，首先要從妳問起。無人島考試時妳好像一直黏著綾小路不放，理由是什麼？」

「我覺得跟事件沒有關係。」

「等我聽完妳怎麼說，再來判斷跟事件是否無關。」

一旦被擺出高壓態度的龍園這麼逼問，大部分的人都會輕易地坦白。

「不好意思，但我沒有任何事可以說。」

不過七瀨豈止沒有驚慌失措，甚至還冷靜地拒絕了。

七瀨低頭致意，打算離開現場；但龍園踢出了腳，將腳底踩在牆上。

「妳沒有權利決定要不要說。」

「學長還真是粗暴呢。我認為這種狀況被人看見的話，會產生很大的問題。」

「用不著擔心。為了避免那種事情發生，我另外還派了幾個人看守。」

「我知道小宮學長是龍園學長的同班同學了。不過，我想就憑我應該派不上任何用場。我沒有任何線索。」

「是嗎？但妳這幾天倒是挺多動作的嘛。」

「學長是指什麼事呢？」

七瀨沒有移開視線，回說這番話意義不明，但這對龍園而言是可以趁機利用的破綻。

「在一群人都埋頭玩樂時，妳整天都在監視一年C班的倉地吧？」

「唔……」

這時七瀨首次瞠大了眼，露出動搖的模樣。

「從小宮那邊聽說原委時，我就派人監視妳，還有為了保險起見，也派人監視了須藤、池跟本堂。雖然後面那三人像笨蛋一樣到處玩樂，但在這艘船上，那是很健全的行動。然而妳卻絲毫沒有要玩樂的樣子，一直在跟蹤特定的一年級生。這不正常吧。」

「那單純是偶然。」

「偶然嗎？今天很多人正熱中於玩什麼尋寶遊戲。倉地那傢伙也有參加，但妳卻沒有。明明如此，但在西野抓住妳之前，妳一直像在尾隨倉地似的行動吧。今天這些行動也是偶然嗎？」

要是參加了遊戲，就必須裝出在尋找二維條碼的樣子。

但不參加的話，就能節省那種工夫。

一直集中精神在監視倉地的七瀨，沒有察覺到有人在監視自己。

「我也還需要磨練呢，居然沒發現自己被人尾隨了好幾天。這讓我大吃一驚。」

「妳要感謝我先找妳接觸啊？」

「手法真漂亮，龍園學長。不過小宮學長的事情跟倉地同學的事情沒有關係。」

「是嗎，那我就直接去找倉地談好了。」

「那會讓我很傷腦筋。」

「那就把妳知道的事告訴我。還是說妳不向『某人』請求指示，就什麼也不能說？」

「沒那回事。但無關的事情就是無關。」

「別讓我說好幾次。判斷是否無關的人不是妳，而是本大爺。」

龍園至今一直保持笑容，而且現在也持續面帶笑容，但他散發出的氛圍改變了。

在旁看守的石崎曾好幾次在旁感受到龍園的威壓，但至今仍無法習慣。明明不是自己遭到逼問，卻好像要屈服一樣。

「不對。龍園學長沒有權限做那樣的判斷。」

儘管如此，七瀨也絲毫沒有露出動搖的態度，她直率地回看龍園的眼睛。

「妳在迷惘什麼？趕緊採取行動就好了吧。」

七瀨翼的確正感到迷惘苦惱。她苦惱的起因在於無人島考試中盤的事情。這要回溯到七瀨將無處發洩的憤怒爆發在綾小路身上那天，持有凶器的天澤出現在七瀨他們面前之後。

綾小路推測在天澤之前應該有其他人物來過時。

雖然那時綾小路不贊成搜尋GPS，但七瀨在剛組裝完的帳篷裡偷偷地搜尋了GPS。

但她沒有看詳細結果，就鑽進了綾小路的帳篷。因為她知道假如隨便調查後得知了什麼，會被綾小路看穿她的驚訝與動搖。私下搜尋GPS的結果，得知距離七瀨與綾小路很近的人物，除了天澤之外還有兩人。是二年級的櫛田桔梗與一年級的倉地直廣。原本兩邊都是應該調查的對象，但因為二年級的櫛田也是綾小路的同班同學，就先將她擺在後面了。

然後除了這件事之外，為了確認綾小路是否有發生異常變化，還有為了視情況保護他，七瀨會定期與他接觸，但關於這點，似乎沒有被察覺到的樣子。

「時間寶貴，就去聽聽他怎麼說吧。」

原本像已經認命似的低下頭的七瀨，立刻抬起頭來。

「很遺憾，但我不知道他為了尋找二維條碼，跑到船內的什麼地方了。」

龍園輕聲一笑，拿出手機。

「倉地人在哪。四樓的客房樓層是吧？好，我立刻過去。」

早就預測到會變成這種情況，龍園簡短地結束通話後，將手機收進口袋。

「把倉地同學從我周遭拉開後，學長一直派人監視著他呢。」

「因為我跟妳不同，有很多人願意當我的手腳跟眼線呢。」

「倉地同學可能真的毫無關係喲。」

「用不著妳說。我只管一個個消去就是了。」

無論是七瀨或龍園，現在能追查的線索就只有倉地。

「妳快點判斷要去還是不去吧。」

倘若七瀨在這邊拒絕，不用想也知道龍園會單獨去逼問倉地。

七瀨點了一次頭，決定跟龍園一同前往倉地身邊。

然後過沒多久，便看到在尋找二維條碼的倉地，以及應該是他搭檔的田栗。

「請先讓我跟倉地同學兩人單獨談談。」

「什麼？」

「我會巧妙地探聽出情報。」

「要怎麼保證妳會告訴我問出來的情報？」

「只能請學長相信我了。」

「不好意思，但我信不過妳。」

「就算學長信不過，也只能請你相信了。我一定會向學長報告一切。」

「算啦，沒差。但妳敢亂來的話，就算是女人，我也不會手下留情喔？」

「我明白。」

龍園用下頜指示西野與石崎，讓他們把田栗從倉地身邊拉開。

被二年級生——而且還是被石崎他們搭話，也只能乖乖服從。

「可以打擾一下嗎？倉地同學。」

「咦？我記得妳應該是D班的七瀨……沒錯吧？」

對田栗被學長姊叫出去一事感到動搖的倉地忐忑不安。

「我有些事情想要問你。」

「不好意思，但我現在正忙著尋寶，沒時間——」

「請告訴我，你在無人島考試時企圖襲擊綾小路學長的理由。」

「啥？妳、妳在說什麼啊。」

要是悠哉地花太多時間套話，不曉得龍園何時會過來進行接觸。

七瀨必須在能夠兩人獨處的期間問出情報。

「就算你想隱瞞也沒用。考試第七天下大雨時，我搜尋了ＧＰＳ，已經查明當時待在周遭的人物是誰。只有天澤同學跟另外一個人——就是你。而且在現場附近也有用來毆打人的道具。你無法找藉口逃避的。」

「簡直莫名其妙！」

雖然倉地大聲否定且試圖逃跑，但七瀨抓住他的手臂。

「後面可以看到二年級的學長對吧。他正拚命尋找襲擊綾小路學長未遂的犯人。視情況而定，他可能會使用暴力。」

「啥、啥啊？別、別開玩笑了，那什麼意思啊！」

「噓——勸你別太大聲惹他反感，這是為了你好。」

「唔！可、可是我……我只是……！」

「只是？」

「……有人跟我說……只要襲擊綾小路學長，就會給我錢……」

「襲擊學長就會給你錢——是嗎？」

「一般是不會答應的。可是我花掉很多個人點數，而且……」

「而且？」

「對方說只要『假裝』襲擊就好，事情不會鬧得太嚴重。我並沒有做什麼壞事，妳明白的吧？」

的確，倘若是假裝襲擊，也能當成只是在開玩笑。

「說要提供金錢給你，命令你假裝襲擊的人是誰呢？說到底，是什麼時候的事？」

「這……是無人島考試前啦……」

「考、考試前——是嗎？」

完全出乎預料的時間點讓七瀨也大吃一驚。

「換言之，是從一開始就計畫好的事情……沒錯吧。」

「還有我根本不曉得是誰啦。個人點數是擅自被匯進來的。」

「——你在說謊呢。」

「唔！我、我沒說謊啦。」

「你顯然知道些什麼卻瞞著我——看起來是這樣。」

「我什麼也沒……」

「我想倉地同學應該並不清楚，但因為你那時的行動，除了龍園學長之外，寶泉同學的計畫也出現了變動。」

話題突然轉變，讓倉地蹙起眉頭。

「他現在正拚命尋找犯人。假如我向他報告這件事，會有什麼後果呢？寶泉同學一定會毫不留情地對倉地同學揮起拳頭吧。」

二年級的龍園與一年級的寶泉。七瀨威脅倉地，表示武鬥派的兩人正盯上他。

「等等等、等等，先等等啦！我知道了，我說！我說就是了，拜託饒了我吧！」

雖然小聲，他仍拚命地吶喊。

在一年級生當中，最受人厭惡與畏懼的寶泉。

試著利用他名字效力的七瀨，也切身體會到超乎想像的效果。

「……是跟我同班的宇都宮啦。」

「宇都宮同學嗎？」

「對。他說等這場特別考試結束就會給我錢，希望我去襲擊綾小路學長。」

「這是真的嗎？」

「千真萬確，都是實話啦！」

看到倉地那雙眼睛，七瀨點了一次頭。

「我相信你，倉地同學。最後請讓我再問一件事，關於小宮學長他們受傷的事情，你知道些什麼嗎？」

「小宮？是說哪件事啊，我不知道啦。不，我真的不知道。總之，拜託妳千萬別跟寶泉說跟我有關喔？好嗎？」

「我知道了，我答應你。」

七瀨指示倉地離開後，田栗也在同時獲得解放。

立刻靠近這邊的龍園要求七瀨說出情報。雖然倉地對小宮的事件毫不知情，但老實地告訴龍園這件事，他也不會相信。因為就算是在遠處看著，龍園也能感受到倉地告訴了七瀨一些他知道的情報。

「他說……宇都宮同學說不定知道些什麼。」

「宇都宮？」

「就是跟倉地同學同屬一年C班的宇都宮陸同學。」

龍園立刻拿出手機，透過ＯＡＡ確認宇都宮的長相與能力。

「沒看過這張臉啊。不過身體能力是A嗎？」

「如果是他，說不定擁有足以推落小宮學長且不被發現的能力，不過還沒有任何確切的證據。」

「這下能明白很多事了啊。」

「……學長打算怎麼做呢？」

「這還用說，當然是把叫宇都宮的小鬼逼入絕境，讓他吐出真相。」

「請等一下。我無法贊同那種做法。」

假如宇都宮是White Room學生，縱然是龍園，要對付他也會很吃力。

最重要的是，未經綾小路許可就進展到這種地步，也不是值得稱讚的事。

「沒有決定性證據的事件……不，應該說是案件。假設宇都宮同學就是犯人，要是他堅持裝傻，也拿他無可奈何不是嗎？」

「就像剛才讓倉地招供一樣，簡單來說，就是看要怎麼威脅吧。」

「剛才是因為我這幾天都緊跟著他，能夠事先調查的關係。從他原本的性格來考量，我也認為只要態度強勢一點，就能讓他卸下心防。但關於宇都宮同學仍然是未知數。」

「那妳要我怎麼做？」

「請給我時間。當然我不會要學長白等。」

「哦？妳說說看。」

「雖然我一直沒說，但在小宮學長的案件發生之際，有個龍園學長不知道的目擊者。我可以告訴學長那個人物是誰。」

「是誰？」

「現在不能說。如果學長能避免跟宇都宮同學接觸，我就告訴學長。」

「真虧妳敢用這種強硬的態度跟我談判啊。算啦，沒差，要我答應那個條件也行。」

「謝謝學長。詳情我之後再聯絡你。」

「只不過，要是妳敢說謊，到時妳可得做好相當的覺悟喔？」

「我沒有說謊。」

「咯咯，我想也是。記得在我無法忍耐前跟我聯絡啊。」

小聲回應的七瀨點了點頭，離開了現場。

5

雖然找到了幾張二維條碼貼紙，但感覺點數很高的至今仍只有一張。

在視野能見的範圍內也能看到好幾個學生在尋找條碼的模樣，可以確定的是競爭率絕對不算低吧。

因為禁止參加者以外的人海戰術，所以大概不會有學生明目張膽地作弊吧，但就算這樣也有兩百個以上的參加者，因此無法避免這種情況。

我察覺到佐藤忽然停下腳步，於是轉過頭去。

「我該努力做什麼才好呢？我該努力做什麼，才能不給班上添麻煩？」

「妳突然是怎麼了？」

「對不起，問了奇怪的問題。但這不是一時興起隨便問的喲？我從無人島考試前就一直在思考了，我是否能對班級有所貢獻呢？」

佐藤這麼說，注視著自己的雙手手心。

「只要隨便度過有趣愉快的高中生活，就能到任何地方就業——我真想告訴入學前雀躍地這麼以為的自己，這裡才不是一般高中，是很不得了的地方喔。」

如果說得稍微難聽點，佐藤的能力整體來說都比一般高中生還要低。

儘管如此，她在階級制度中的地位仍屬於上層，而且也具備一定程度的話語權。

雖然學力、身體能力還有溝通能力的難易度各自不同，但大多數人只要付出一定程度的努力，就能夠提升水準。

須藤就是一個最淺顯易懂的例子吧。
須藤的學力原本是同年級中的最後一名，但他展現出驚人的活躍讓學力突飛猛進。
從這個例子也能窺見重要的是成長潛力。
「如果要為了班上同學努力，果然用功是不可或缺的啊。」
「唔……也是呢。」
我早就知道了——佐藤沮喪地垂下頭，搔了搔臉頰。
「啊，還是由綾小路同學來教我念書……不可能對吧？」
「我嗎？」
我這麼反問，隨後佐藤一臉不妙的表情，慌張地將雙手伸到眼前揮動。
「抱歉抱歉！忘了我剛才說的！輕井澤同學會生氣……！」
「讓堀北教妳會比較好吧？」
「堀北同學嗎？可是，我跟她感情不是很好喲？」
不是很好——就算是這樣的形容，也相當委婉了吧。
幾乎一年半的時間，佐藤都沒有跟堀北做過好像能稱為朋友的舉動。
「先不提是否有必要變成好朋友，我認為她在教人念書這件事上備受好評喔。畢竟她都把那個須藤鍛鍊成材了嘛。」

完全沒必要詳細地告訴佐藤關於堀北的本性和教法。

堀北可是把同年級中最難搞的問題人物須藤給培育成材了。

「畢竟我在不知不覺間就被須藤同學追過了呢……確實如此。」

「妳應該不想拿到班上最後一名和同年級中最後一名這種不光榮的稱號吧？」

「絕、絕對不要。」

因為佐藤也是最後一名的候補之一，她在這方面的危機感十分強烈。

「那麼，可以拜託綾小路同學幫我們搭橋牽線嗎？」

「只要那樣就好的話，小事一樁啦。」

整班學力有望提升的話，堀北是不會拒絕的吧。無論是同性或異性，堀北周遭的人變多一事大概會讓須藤心情複雜，但他不會拒絕的。

6

「堀北學姊，換班的時間到了。請學姊去休息吧。」

尋寶遊戲開始後經過大約兩小時，迎向正午的時候，接著負責確認報酬的八神學弟走近這邊這麼說道。我闔上一年級生的名冊，緩緩地將視線上移。

「我沒有很累，就這樣繼續由我負責確認報酬也無妨。」

我想好好珍惜目前能像這樣在少人數當中自由瀏覽名冊的時間。

「那可不行。我也有賦予給我的工作，要是把那些工作交給堀北學姊，我就不能自稱是學生會成員了。」

「……也是呢，你說得對。」

能偷懶就偷懶——有這種想法的人首先就不會加入學生會。

我沒有在這邊堅持己見，而是將椅子往後拉。

「謝謝你。那我就不客氣先去休息了。」

「當然沒問題。」

這麼一來，之後就是從兩點開始再次幫忙確認報酬，我的任務就結束了。

以工作時間來說，雖然不是多大的負擔……

「堀北學姊，目前已經領取報酬的人數大約有多少呢？」

八神學弟低頭看向名冊，這麼詢問我。

「加上組成搭檔的人，大約四十人左右吧。雖然也有獲得了五十萬點的學生，但感覺估計錯誤，只拿到五千點的學生也很多呢。」

「如果找到感覺只有自己發現的二維條碼，為了不被別人搶走，結果就忍不住急著想讀取吧。總覺得可以理解。」

畢竟也不能保證錯過那個二維條碼後，還能找到下一個嘛。

比起這種事，我更在意的是跟八神學弟一同來到這裡的另一個人。

八神學弟面向那個人，露出滿臉笑容。

「那麼，櫛田學姊，回頭見。」

我曾聽說他跟她在國中時代很親近，看來那樣的關係在這所學校也仍舊持續著。

「嗯，回頭見，八神學弟。」

櫛田同學看似親密地送八神學弟去工作的身影，看起來也像是跨越了單純是朋友的那道牆。感覺可以套用「朋友以上，戀人未滿」這句話來形容他們的關係。

「假如有什麼事就跟我聯絡，我會立刻趕過來的。」

「我知道了，謝謝學姊。」

雖然在學生會的工作上跟八神學弟還只有一小部分相關而已，但他具備理所當然地完成理所當然之事的實力，而且還擁有強大的溝通能力。

在可以信賴並將接下來的工作託付給他這層意義上，他也是個可靠的學弟，而且遠比在同時期加入學生會的另兩名一年級生要能幹許多。

雖然還是很久之後的事，但感覺他可以說是我們下個世代中最有力的學生會長候選人呢。

我離開自己的崗位後，櫛田同學也離開了現場，沒有留在八神學弟身旁。

為了不妨礙到他之後的工作，要說這麼做是當然的也沒錯。

但她並肩走在我身旁這件事，不管怎麼想都只覺得別有用意。

「原來妳跟八神學弟在一起呢。櫛田同學為什麼沒參加尋寶遊戲呢？」

「嗯～總覺得沒那個心情參加遊戲。也有很多人跟我一樣喲？」

「二年級生和三年級生的參加率確實沒有想像中高呢。」

也就是比起獲得高額個人點數的機會，他們更把假日擺優先。

倘若是單純的休假也就算了，能在這艘船上度過的時間很寶貴呢。

「堀北同學接下來是休息時間對吧？方便的話，要不要一起吃午餐？」

「跟我？」

櫛田同學罕見的主動提議，讓我無法掩飾感到懷疑的心情。

「我主動邀妳很奇怪嗎？呃，是很奇怪呢。」

儘管她感到滑稽似的露出微笑，對誰都會展現的笑容依舊維持得很好。

這邊不是有必要思考的場面。

「好呀，畢竟之後還有學生會的工作要做，我也想先填一下肚子。只不過可能會被緊急召

集，可以到小賣店買午餐嗎？」

「當然可以嘍。」

櫛田同學像這樣跟我搭話的機會一定不多。

這說不定也是個把我悶在內心的疑問一吐為快的好機會。

「可以問妳一些單純的疑問嗎？」

彷彿覺得時間寶貴，我一開始移動使向她搭話。

「我邀請堀北同學的理由？」

「雖然那也是疑問之一，但——」

「我跟八神學弟要好的理由？」

以櫛田同學的角度來看，這邊感受到的疑問點似乎是她理所當然知道的事情。

「要說不在意是騙人的。」

我一直很在意她本身會做出一些按常理難以理解的行動。

「妳試圖隱瞞國中時代的過去，所以把出身同所國中的我，還有得知妳過去的綾小路同學視為眼中釘……這點相當合情合理。」

櫛田同學依舊面向前方，她只是側耳傾聽，並未將視線看向這邊。

「就算八神學弟什麼都不知情，但在我的印象中，妳一直避免只跟特定的男生要好。說得難聽一點是八面玲瓏，說得好聽一點是無論對誰都一視同仁——我一直認為妳是這樣的人。」

「那樣沒必要說得難聽一點吧？」

「……也是呢。如果讓妳感到不快的話，對不起。」

「啊哈哈，我沒有生氣，妳放心吧。」

雖然並沒有打算刻意說得比較難聽，但不小心說出個人抱持的印象了。

儘管覺得自己實在太粗心大意，但已經吐出來的口水也無法吞回去。

「妳覺得我為什麼會親近八神學弟？」

那反過來變成問題拋回我這邊。

「難道是——妳跟八神學弟是那種關係之類的？」

要直接表現讓我有些猶豫，因此我稍微含糊其詞地傳達。

「妳說那種關係，是指在交往之類的？」

「……對。」

「很遺憾，但我們什麼都沒有喲。因為還是學生的期間我不打算跟特定的某人交往。」

那無疑就是為了維持八面玲瓏的形象呢。

即使是平常對那類話題漠不關心的我，也知道櫛田同學非常受男生歡迎。無論是學弟還是誰，倘若櫛田同學有了對象，便無法避免她受歡迎的程度下降。

我覺得那樣不適合比任何人都想維持完美形象的櫛田同學。

「那麼，妳跟八神學弟這麼要好的理由是什麼呢？」

「這還用說嗎？」

妳說的話真奇怪呢——櫛田同學用手摀著嘴，笑著這麼說道。

「因為要排除礙事者，最好的方法就是博得對方的喜愛呀。」

「……原來如此。」

雖然想像過這個答案，但跟想像一樣直截了當的回答與笑容，讓我被震撼住了。

換言之，八神學弟跟綾小路和我一樣，也是她應該排除的對象。

但這樣並非消除了我所有的疑問。

「他知道妳過去的可能性有多大？妳無法斷言他絕對知道吧？」

「是呀。沒人能保證他絕對知情呢。」

「既然這樣……」

「但是，也沒人能保證他絕對不知情吧？」

櫛田同學始終面帶笑容地接著說道：

「八神學弟好像對我抱有超出學姊學弟的感情，所以要黏在他身邊遠比想像中容易呢。所以我一直在旁邊等待他露出破綻。」

則。

無論是百分之一還是百分之二，只要不是百分之零就一律排除。這就是櫛田同學的基本原

也就是說，即使是身為學弟的八神學弟也不例外呢……

「對妳而言，眼中釘一直在增加呢。明明都還無法讓我或綾小路同學退學，妳打算繼續增加敵人嗎？」

「堀北同學覺得我這樣很像笨蛋對吧。」

至少我不覺得這是聰明的行為。

「我認為我們原本是沒必要互相敵對的。如果是其他多嘴的人也就罷了，但我跟綾小路同學是不會說溜嘴的。」

為什麼她無法理解這部分呢？我朝至今好像闖入過但其實並沒有進入的領域踏進一步。

「誰能保證？妳能斷言百分之百不會說溜嘴嗎？」

「我可以說是無限接近百分之百……但那樣妳是無法接受的吧？」

「知道我應該守護的過去——光是這樣，我就已經像是毫無防備地暴露出心臟了喲。因為堀北同學肯定遲早會來抓住那顆心臟的。」

「我無法理解。因為我沒必要那麼做。」

「因為沒必要所以不會做。既然這樣，如果有那個必要的話？」

「……這話什麼意思？」

「假如我把班上的祕密洩漏給別班的話？假如我背叛班上，試圖轉到其他班的話？堀北同學能斷言到時你們絕對不會說出『不想被揭發過去的話就別背叛』以此來警告我嗎？」

「這──」

的確，倘若碰到必須壓制住櫛田同學的情況，我無法保證不會提及她的過去。如果為了保護班上同學必須那麼做才行，我無法澈底消除把這件事當成最後王牌的可能性……呢。

當然，大部分的事情櫛田同學應當都打算說那是「捏造的」來閃避才對。

但櫛田同學的信用已經稍微產生破綻。

在班級投票時的戰略失誤，讓她白白引人注目。

「對我來說，必須談這種話題的狀況就讓我強烈地感受到挫折了喲。我現在其實也感到很痛苦，甚至都覺得想吐了。」

跟嘴上說的話相反，櫛田同學的笑容與音調真的一直都很溫和。

她控制住大部分的憤怒，在表面上掩飾著情緒。

「我大概可以明白妳想說什麼……但那果然還是妳想太多了。我很擔心妳。」

「哦，是這樣呀。原來妳很擔心我呀？」

「可能的話，我想減輕妳精神上的負擔。」

「啊哈哈哈，妳大可不必擔心喲，堀北同學。我不要緊的。」

「不要緊？」

「我也覺得差不多該結束這種棘手的問題了。」

「妳的意思是……」

「就是說我也在用自己的方式思考消除那種負擔的方法。」

這表示櫛田同學是想到了什麼解決對策，才接近我的嗎？

「我想了很多。照這樣一直持續每況愈下的狀態，也只是知道多餘情報的人越來越多。所以說……首先可以請堀北同學妳退學嗎？」

當然，要減輕她精神上的負擔，最合理的方法就是我退學。

我當然無法答應。最重要的是，並非這樣就能解決所有問題。

「我不覺得這些事有關聯呢。綾小路同學的存在會怎麼樣？八神學弟呢？就算我退學，這所學校還是殘留著知道妳過去的人物。」

我不認為這樣就能讓她精神上的負擔一掃而空。

「我很清楚綾小路同學是不能大意的對手。但妳知道嗎？綾小路同學會將個人點數進貢給我喲。」

「進貢……？」

以前曾聽綾小路同學說過這件事。

但我在這邊裝作不知情的樣子，試著反問她。

「好像說這是為了不被退學的防衛手段吧。換言之，這證明他知道我是敵人，但同時也畏懼著我。倘若能排除堀北同學給他看，就算是綾小路同學，也只能保持沉默吧？畢竟要是隨便行動，就換成自己會退學。」

櫛田同學一邊露出詭異的笑容，同時將臉稍微靠近我。

「總之，就算不能讓堀北同學以外的人馬上退學。我也能獲得一定的安寧。只要在這段期間再來思考排除綾小路同學的方法就行了。還有八神學弟那邊隨時都有辦法搞定吧。畢竟他只是一個喜歡我的正經學弟嘛。」

櫛田同學的大眼睛看起來像是彩色，但實際上卻是沒有色彩的。

雖然可以透過眼神來看出一個人的感情，但只有櫛田同學肯定是個例外。

她絕對要讓我退學的強烈意志完全沒有動搖。

「希望堀北同學可以第一個消失的理由，果然還是因為妳跟我同所國中呢。只要有意調查，說不定也會有其他人發現這個事實。但綾小路同學是高中才認識的，就算他揭發我的過往，我也能主張他只是在說謊來蒙混過去吧？」

櫛田同學的主張確實沒錯。

假如有人問她被我或綾小路同學的哪一方揭發過去會比較傷腦筋，肯定是出身同所國中的我吧。而且是以壓倒性的差距。

「妳是不是覺得就算說要排除，也沒辦法輕易讓人退學？妳這麼想對吧？畢竟這一年半來我對堀北同學束手無策，這點是事實嘛。所以今後我也無法讓妳退學……真的是這樣嗎？」

「如果我們是不同班的敵人，或許也有那種可能性吧。但並非如此。要讓同一班的夥伴退學並不容易喲。」

「我一定會證明給妳看。」

「我們無法互相理解嗎？我的目標是讓包括櫛田同學在內的所有同班同學升上A班畢業。然後為了達成這個目標，妳的力量是不可或缺的。」

「笨～蛋。」

她用語尾彷彿要消失般的微弱音量小聲謾罵著我。

「我怎麼可能協助妳嘛。別講那種會讓我作嘔的話啦。」

「櫛田同學……」

「真期待第二學期呢。我想我們一定能共有愉快的時光。」

原本靠近我的臉慢慢地離開，邪惡氛圍從她的表情上消散。

儘管如此，還是能明顯看出她的笑容底下摻雜著憎恨與憤怒。

「無論如何都沒辦法握手言和呢……」

她似乎覺得話已經說完了，離開我身旁。

「但我相信喲……相信總有一天妳一定也能理解。」

這番話應當確實傳入了她的耳中，但她並未停下腳步。

7

下午兩點過後。距離尋寶遊戲結束還有充分的時間，但應該可以判斷已經巡視過大部分地方了吧。拍成照片的二維條碼總共有六張。用五階段評價來客觀判斷的話，其中發現難易度高達四分的有三張。首先應該從這三張裡面選一張讀取比較好吧。

「麻煩妳啟動相機。」

「要讀取哪個呢？」

「選一個佐藤直覺認為不錯的就行了。」

「咦、咦咦？讓我選真的好嗎？怎、怎麼辦，要是抽到比較爛的——」

「原本就只有留下精挑細選過的二維條碼。而且也有可能已經全部被人讀取，所以說不定最

後還是要每個都試試看。」

與其讓她慢慢考慮，不如請她立刻決定，機會還比較多吧。

「我、我知道了。」

佐藤拿出手機，滑動著我的照片。

她似乎苦惱了幾秒，隨即下定決心，將自己的手機相機鏡頭對準一張照片。

那是我將手機伸進沙發底下找到的二維條碼。

不過——

「啊啊，好像不行。上面顯示已經有人領取了。」

雖然是難易度相當高的條碼，但好像也有其他學生發現了。

「別放在心上，換下個二維條碼吧。」

她點了點頭，這次毫不迷惘地讀取選好的二維條碼。

但第二次似乎也顯示已經有人領取，佐藤看似懊悔地跺腳。

「好不容易找到的耶！真不甘心！」

她急忙讀取第三張二維條碼。

然後暫時注視著畫面的佐藤忽然大動作地往上跳起。

「讀取成功了！你看！有個像藏寶箱的東西跑出來了！」

雖然是簡單的插圖，但出現了藏寶箱與TAP的文字。

「不知道能獲得幾點呢……」

正準備用食指點開藏寶箱的佐藤，手指在碰到畫面前停住。

「啊，由綾小路同學來按吧！」

看來她似乎是害怕看到結果，而把手機交給了我。

以佐藤的角度來看，是花了寶貴的一萬點參加這場遊戲。她似乎害怕看到結果。

我從佐藤手上接過手機，點開畫面上的藏寶箱。

「哇，綾小路同學真大膽！」

我並沒有做什麼大不了的事情值得被稱為大膽。

藏寶箱簡單地發光後，從箱子裡迸出藍色光芒。

然後——

「啊！……啊～」

佐藤有一瞬間強烈地大吃一驚，但她立刻察覺到真相，喜悅慢慢地減弱。

這是因為從藏寶箱裡出現的是一百萬點……才怪，其實是十萬點。正因為原本夢想著能拿到三十萬或五十萬，又或者是一百萬點，才覺得有些空歡喜一場。

「看來我們找到的二維條碼難易度似乎沒有想像中那麼困難啊。」

「這樣呀……真可惜。可是可是，就算扣掉參加費，我們也是多了九萬點進帳，很充分了呢！」

用不著她這麼確認，這成果也能讓人抬頭挺胸地說幸好有參加。

「謝謝你，綾小路同學。」

「要道謝的是我。畢竟沒有被領走的這個二維條碼是佐藤發現的嘛。」

「……嘿嘿。」

佐藤露出似乎很開心又覺得害羞的表情，靦腆地笑了。

8

在尋寶遊戲中讀取了二維條碼的學生，還剩下向校方報告的義務。

我跟佐藤回到起點，前往在服務台等待的堀北身邊。

「辛苦了，這樣手續就完成嘍。」

聽到這樣的報告，佐藤也坦率地表現出喜悅。

「那再見嘍，綾小路同學，今天很謝謝你。下次一起玩吧。」

佐藤這麼說並揮了揮手，一臉開心似的離開了。

畢竟多了一筆臨時收入，用來度過一段較為奢侈的時光也不壞吧。

「扣除參加費，兩人合計獲得十八萬點。很不錯呢。」

「是啊。」

到了這個時間，大部分的參加者似乎都已經領取了報酬，前來這裡的人相當少。

「妳也真辛苦呢。休息過了嗎？」

「嗯，休息了大約一小時。但我不能抱怨呢。因為這是我為了防止有人作弊，自己思考後直接上訴校方的事情。」

「直接上訴嗎？雖然是瑣碎的小事，但也是邁向學生會長的一步嗎？」

只要能藉由這種行動讓人留下好印象，就能獲得學生會和校方的評價。

「不是那樣的。就算我沒有進言，應該也不會有什麼大不了的作弊行為吧。只不過……哎，我只是希望能稍微派上一點用場。」

雖然不是很懂，但堀北將視線移到其他方向。

「話說，班上獲得最多個人點數的是誰啊？」

「你覺得是誰？」

我這麼詢問，結果反而變成問題被拋回來了。

「希望不是我們這組。」

「太好了呢，你答對嘍。有一組搭檔獲得了五十萬個人點數。是王同學與高圓寺同學喲。」

「高圓寺？他會參加遊戲這件事也讓我大吃一驚，他居然還跟某人組成搭檔，實在太出人意料了。」

因為說明會有很多人聚集在一起，我沒注意到高圓寺的存在。

「這點我跟你有同感。雖然不曉得他是因為怎樣的原委才會參加並組成搭檔，但他這兩個星期賺了相當一大筆錢呢。」

「高圓寺這個人，無論讓他做什麼都超乎想像啊。」

想不到他除了驚人的身體能力之外，還擁有超強的運氣。

或者也可能是他的搭檔找到的二維條碼也說不定。

「今後無法利用那個高圓寺同學，對班上而言是很大的損失呢。」

「他原本就不是會為了班上行動的傢伙，光是他這次拿下第一名，就該滿足了吧？」

「怎麼可能因此滿足呢？不能利用他的實力來升上A班實在太浪費了。你有沒有什麼好主意？」

巧妙地利用高圓寺的方法嗎？就連思考這個都是白費資源吧。

「沒辦法啊。」

「回答得真快呢。」

如果是某種程度的對手，我也有自信能控制給她看。但這當中可以說是唯一例外的人，就是高圓寺。

我對全班同學進行過好幾次如何控制他們的模擬練習。只有高圓寺無論練習幾次，都無法讓他受我控制。

「就算你放棄，我也不會死心的。畢竟他的力量不可或缺。」

試圖控制無法控制的東西。那只是單純的矛盾。

「就算那只是白費時間也一樣嗎？」

「你的意思是高圓寺同學不是必要的？」

「既然他不會危害班級，我認為放任是上上策。畢竟高圓寺也拿到了保護點數，能夠更安心地放任他啊。」

「那一定是很合理的想法吧。」

「如果是沒有高圓寺就贏不了的班級，我也能理解妳為何要這麼拚命。但堀北班的戰力已經成長到足以跟其他班較勁了，而且今後也會繼續成長。」

「也是呢，跟一年前相比，確實變得可靠不少。」

但是——堀北接著說道：

「雖然升上A班是最優先且最終的目標，但我想讓班上團結一致。我希望能帶領全班同學同心協力地合作。」

意思是即使是高圓寺，也不想少了他嗎？

堀北注視著這邊的雙眼實在過於直率，我不禁語塞。

假如堀北能夠把高圓寺這個男人拉為夥伴，想必會成為無可替代的可靠同伴吧。

不過那麼做的難易度，恐怕比以A班為目標還要困難。

若是以前，我不會把這番發言當真吧。

我應該會當成是莫名其妙的傻話，不自量力的發言。

堀北的成長雖然緩慢，但一步步地在前進著。

哎……就算這樣，我還是無法跟她說如果是堀北，說不定有一天能讓高圓寺動起來這種話。

因為只有高圓寺這個男人，感覺真的無法估算啊。

「怎麼了嗎？」

「什麼意思？」

「因為你好像在想事情。」

「呃，我是在煩惱拿到的個人點數要用來做什麼。」

「……是嗎。你的錢得分一半給櫛田同學，你應該好好珍惜今天獲得的個人點數，避免亂花錢喲。」

「說得也是，就那麼辦吧。」

繼續待在這裡也只會妨礙運作，因此我決定無精打采地離開現場。

9

下午五點半過後。在從六點開始的晚餐前，我安排了跟某個人物約定見面的行程。

正當我離開客房，準備前往五樓的甲板時，碰到了客房跟我相隔兩間的須藤。

「明明就快吃飯了，你要上哪去啊？」

須藤似乎正要回客房，他這麼問我。

「我想在吃飯前散步一下。」

「你怎麼講這種好像老頭子會說的話啊。那麼，等下餐廳見啦。」

我們閒聊幾句，準備分開時，須藤像是想起什麼似的大聲喊叫。

「哎呀，抱歉抱歉。對了，其實有一件讓人嚇一跳的事喔！」

「是說池跟篠原開始交往的事嗎？」

「搞、搞啥啊，你已經知道了啊！」

「雖然只是碰巧聽說啦。」

「哎呀，當然這也讓我嚇了一跳，畢竟被搶先了……先別提這個，那傢伙說想跟我一起念書耶。他拜託我讓他參加鈴音的讀書會。」

這還真是出人意料——倒不如說他的行動比想像中更快啊。

「因為學力低落在這所學校相當致命啊。」

最常讓人陷入退學危機的，果然還是學生的本分——也就是和學業有關。

「雖然以我的立場來說，那是能跟鈴音兩人獨處的寶貴時間啦，但既然那傢伙拿出了幹勁，就只能支持他了吧？因為這樣，從暑期講習開始，寬治也要拚命念書了。」

暑期講習——看來這趟旅行結束後，他們似乎打算立刻開始念書。

雖然能否立刻出現成果端看池的努力而定，但說不定第二學期很快就能看到他的成長呢。須藤跟池或許都會以戀愛為契機而有突飛猛進的成長。

「說不定還會增加其他成員喔。」

「啊？真假？」

「也就是說開始想請堀北指導念書方法的學生，不是只有池而已啊。」

「應該不是男的吧？」

須藤露出認真的表情逼近我後，抓住我的雙肩。

「不……不是。是佐藤啦，佐藤。」

雖然本來不打算說出名字，但因為承受到一股不由分說的壓力，我不禁招供了。

「女生嗎。那倒還好……話說是佐藤喔。如果她知道不只有我，池也在的話，應該不會來參加讀書會吧？」

「她應該在某種程度上也設想到那些了吧？她看起來抱持了強烈的覺悟。」

「是哦。哎，是沒差啦。無論誰來參加，我都不打算認輸嘛。」

須藤自信滿滿地從鼻子發出哼聲，讓人感受到他強烈且積極地想繼續念書的意願。

「你同時還要兼顧社團，不會很累嗎？」

「那當然累人啦。但我自認本來就擁有足以自豪的體力。雖然剛開始只要動腦思考一分鐘就會變得想睡，但現在可不同了……我能夠集中精神大約一小時喔。」

能夠集中精神這麼久來念書的話，想必沒問題。

只要能重複念書一小時、休息後繼續念書一小時這樣的循環，就綽綽有餘了。

「可是啊……可惡，只有寬治那傢伙先交到女友這件事，我無法接受啦～」

須藤雖然笑著，但他打從心底感到懊悔似的感嘆。

「這部分我要心懷怨恨地澈底鍛鍊他，就用籃球社的斯巴達教育。」

他似乎打算摻雜著對損友的友情與愛憎來疼愛對方。

「適可而止啊。畢竟要喜歡上原本討厭的念書，可不是什麼簡單的事。」

「我知道。我自己以前都不曉得有多討厭念書了。」

須藤這麼說，像咬到苦瓜似的吐出舌頭。

跟須藤分開後，我靠近目的地。在甲板前方發現櫛田的身影，我暫且先躲了起來。因為離約定見面的時間已經過了大約五分鐘，她當然是在等我。

我拿出手機，打給櫛田。響了大約兩聲，櫛田便接起電話。

『喂？』

確認她的聲音後，我才邁出步伐，走向櫛田所在的甲板上。

手機在設定上會以「通話」為優先。

就算她原本啟動了錄影模式，一旦通話開始，就會自動關閉。

換言之，接下來進行的對話是僅限於我跟櫛田之間的祕密。

「抱歉，櫛田，我遲到了。我目前正在路上，妳還在等嗎？」

『嗯，呃——啊，我在這邊喲～！』

櫛田確認左右兩邊後，立刻發現了我，她揮了揮手。

我沒有主動掛斷電話，就那樣快步抵達櫛田面前。

幾乎就在我抵達的同時，我們彼此掛斷電話。

「抱歉讓妳久等了。我稍微走錯了地方。」

「原來綾小路同學也會出錯呢。但你說有事要跟我講，是怎麼了嗎？」

「我這幾個小時一直在迷惘要怎麼做，但我還是決定先老實地跟妳坦白。」

「嗯？坦白？坦白什麼？」

「妳知道我參加了尋寶遊戲對吧？」

「嗯。你跟佐藤同學組成了搭檔對吧？」

那又怎麼了嗎？櫛田無法理解話題的發展，露出感到不可思議的樣子。

「這次的尋寶遊戲，我讀取的二維條碼的報酬是十萬點。換言之，扣掉參加費有九萬點。除以二的話就是四萬五千點。我想應該給櫛田一半才是正確的做法。」

我這麼說，拿出手機讓她看自己的轉帳紀錄。

上面清楚記錄著就在剛才有十萬點匯進我的帳戶。

「咦咦？畢竟那是遊戲，你用不著這麼在意也沒關係喲～」

壓根沒想到的話題讓櫛田大吃一驚，她將雙手張開，拒絕我的提議。

「老實說，我一開始也那麼認為。正確來說是我想那麼認為。但是，我無論如何都覺得那應該是邪門歪道的狡猾想法。櫛田也有可能說不需要，但只要我不講出來，就不會被櫛田發現了吧

——我這麼心想。正因為我對自己這樣的想法感到羞愧，所以應該把一半的點數交給妳。」

「可是——」

無論怎麼強詞奪理，從櫛田的角度來看，她很難收下這些點數吧。

「要說真心話……我希望妳把這個當作我的誠意收下。」

「誠意……？」

「我將獲得的個人點數分一半給妳，藉此保障我自己的安全。只要我對這件事表現出誠意，我認為也能讓櫛田妳對我表現出誠意。」

不對嗎？我用眼神訴說。

「個人點數能盡量多存一點是不會吃虧的。沒錯吧？」

「這麼說是沒錯，但綾小路同學應該也相當缺錢吧？」

「無所謂。比起跟櫛田起糾紛，這沒什麼大不了的。」

「總覺得……這樣反倒有點恐怖呢。」

「妳的意思是？」

「因為現在也有很多消息說綾小路同學是很厲害的學生呀。你真的是因為想跟我休戰，才把個人點數分一半給我的嗎？」

「就我的角度來看，比起在特別考試時對戰的坂柳和龍園那樣的學生，我判斷與私生活也有

關聯的櫛田為敵比較危險。」

儘管有些提防，櫛田仍像是姑且能接受似的點了點頭。

「我知道了。那麼，真的可以收下吧？」

「當然了。」

我透過手機，這次也把個人點數轉到櫛田擁有的帳戶裡。

「雖然自己先把點數交給妳還這麼說有點怪，但假如我在金錢方面傷腦筋時，說不定會求妳幫忙。」

「咦咦～？那樣有點難看喲，綾小路同學。」

覺得我沒出息的樣子很有趣嗎？櫛田稍微笑了。

「但我覺得你這種做法遠比堀北同學聰明太多了，我不討厭喲。」

「是嗎？」

「我也絕對不想與綾小路同學為敵，所以今後也請多指教嘍。」

「好。希望我們能互相扶持地合作下去。」

我這麼說，跟櫛田彷彿什麼事都沒發生過似的分開了。

因緣的過去

夜晚，同間客房的夥伴正熱烈地聊著無關緊要的話題。

身體狀況讓人擔心的明人，在休息一天後燒也退了，正逐漸恢復活力，只是躺著聊天的話似乎沒什麼問題。我有時會附和或插幾句玩笑話，但基本上都是在旁滑手機來度過夜晚。

正當我邊上網邊等待睡意來襲時，聊天室收到一則訊息。

『我現在想跟你講一下電話，可以嗎？』

惠傳來這樣的訊息。

從解禁聊天室後過了一陣子，我們通常一天會聊個一次。

她今天沒有使用表情符號或貼圖，看來是要講正經事。

『我目前人在房間，等我三分鐘。』

因為還沒到門禁時間，要溜出客房並不困難。

送出回應後，我迅速地溜下床。

「我去買個飲料。」

我用這句無論什麼時間點都能用的方便台詞溜出客房，前往通道。

因為已經過了晚上九點，不會看到與我擦身而過的學生。

然後我來到夜晚的甲板上，姑且確認周圍的情況。

確定沒有任何人在後，我打電話給惠。

「喂？」

『抱歉這麼突然。但我今天無論如何都想跟你講電話。』

她說了很有她風格的可愛台詞。

這就是來自戀人的「突然很想聽你的聲音」這種要求嗎？

『那個呀——』

惠稍微停頓一會兒後，開口說道：

『我聽說了關於你的負面傳聞耶？你會詳細地解釋給我聽吧？』

「負面傳聞？」

嗯？沒有冒出我原本設想的台詞，惠反倒不太高興的樣子。

沉默相當漫長，她沒有立刻回應。

「負面傳聞？」

我實在忍受不了，反問第二次，但只有感受到惠似乎很懊惱的樣子，她沒有要回答的意思。

我一字一句都沒改地重複這些話，似乎反倒讓她覺得可疑了。

『你心裡有底嗎？』

「我心裡沒底。」

雖然試著毫不迷惘地這麼回答，但其實我有想到好幾個可能性。

首先最有可能的果然是跟一之瀨的事情。

南雲看到我跟一之瀨對話，察覺到狀況非比尋常。

而且既然他知道我跟惠的搭檔關係，就算他到處宣傳那件事實也不奇怪。除此之外，我腦海中還閃過與曾經一度向我告白的佐藤兩人一組，還有跟松下閒聊過等事情。

『你真的心裡沒底嗎？』

她停頓了一下，似乎為了做出審判在進行最後的確認。

「沒有呢。」

儘管如此，我還是貫徹完全不知情的態度。假如可以確定惠所說的「心裡有底」是指什麼事，無論是一之瀨的事情或是佐藤的事情，我都打算坦承。但既然無法特定是哪件事，隨便亂說話可能會導致傷口擴大。這就是所謂的捨身求勝啊。

……呃，為什麼非但沒有變成甜蜜的電話談情，還演變成這種狀況啊？

「惠？」

我呼喚她的名字試著催促，於是她彷彿顫抖著嘴唇似的說了起來：

『就是你，那個，在哄騙學妹的傳聞啦！』

「……嗯？」

即使聽到疑似傳聞的內容，也無法立刻理解，我疑惑地歪頭。

我原先設想的可能性都猜錯了嗎？

果然沒有輕率地說出口是正確的。

「那是從哪裡又怎麼聽說的傳聞啊？」

『我哪知道呀！但我聽說好像有人看見你跟一年級女生反覆見面好幾次喲？』

一年級女生。假如要說有哪個人物會瞬間浮現在腦海，就是七瀬了吧……

這次連假我的確經常跟七瀬反覆見面聊天。

但我們並非悄悄見面，因此到處都有目擊者吧。

既然明白了狀況，事情就好說了。

「她只是學妹而已。」

『那種事我知道啦！應該說不只是學妹的話就糟糕了吧！』

確實。

『還有！我怎麼沒聽說你在尋寶遊戲時跟佐藤同學兩人一組的事？』

唔喔，看來關於我想到的可能性，惠似乎也注意到了。

「我的確沒有跟妳報告，但既然是惠，應該馬上就知道這件事了吧？」

因為在尋寶遊戲時跟佐藤到處走動，所以也有很多目擊者，就連松下也知道這件事。

『我、我的確是馬上就知道了……雖然知道啦……』

她似乎有很多不滿，用別人聽不清楚的話語在嘟噥著什麼。

『其實我希望跟清隆組成搭檔的。』

「我明白妳的心情，但那樣順序就顛倒了吧？」

『噗～』

「順便問一下，妳跟森搭檔的結果如何？」

『……你確定要問？』

「不，算了。」

因為氣氛變得更糟，還是別深入追究吧。雖然就這樣一直聽她發牢騷也行，但難得講到佐藤的話題，因此我決定試著主動提起。

「關於今後的事情，妳先跟佐藤說了啊。」

『咦？啊，對啊。果然我還是想第一個告訴佐藤同學。』

「哎，那是最安全的做法吧。順帶一提，那件事妳是透過電話還是聊天室說的？」

『怎麼可能。這種事情要直接面對面說才行。我是在咖啡廳跟她講的。』

「咖啡廳啊。妳有印象被誰聽見了那些話嗎？」

『這點事情我也是會注意的啦。至少沒有被二年級的人給聽見，你放心吧。』

惠應該盡最大限度留意的確實是二年級生。

無論是一年級生還是三年級生，基本上都對其他年級的戀愛話題沒太大的興趣。

尤其對象是我的話，就更不用說。

不過，三年級生偏偏正好相反，就算他們只對我的話題緊咬不放也不奇怪。

『啊～可是，有三年級女生來到附近的座位，讓我有點不好說話呢。』

彷彿要對答案一般，惠回顧與佐藤見面時的事情。

對於不曉得各種內情的惠來說，她不可能設想到要注意三年級生。

「妳能理解的話就太好了。」

『嗯。但真的沒關係吧？公開我們在交往的事情。』

「當然沒問題。」

反倒該說，我很清楚這個行動遲早是必要的。

越是往後延，只會讓其他要處理的事情也變得更麻煩而已。

『不過，雖然說要公開，但也並非是在全班同學面前宣布。而是從妳的朋友圈開始自然地讓消息傳開，讓大家在不同時間點逐漸得知而已。』

各人的反應會在日後出現吧，但不是多大的問題。

『可是你想想……清隆很受歡迎耶。』

「是這樣嗎？」

『唔哇，你那種好像什麼也不知道的感覺讓人超不爽的耶～』

「既然這樣，別提這些不就好了嗎？」

『唔，是這樣沒錯，但就算知道還是會擔心，才會忍不住問的吧！』

雖然不是不懂她想說什麼，但也有矛盾之處。

「這個宣言不就是為了避免我拈花惹草嗎？」

如果喜歡的對象被認為沒有男友或女友，說不定會受到猛烈的求愛攻勢。為了避免這種情況，才會大方公開自己有交往對象一事。

這麼一來，大半的人都會死心，不會再展開求愛攻勢了吧。

當然我也很清楚有少數例外啦……

『還是會擔心呀……』

也就是說惠在畏懼那些少數例外——尚未見到的敵人。

『你可能還不知道，但是有女生會喜歡上明知道有女友的男生，或是也有熱中於搶別人男友

的女生喲。』

「原來如此啊。」

『聽好嘍？我絕對不會原諒你花心喲。』

對依存型的惠來說，她絕對不會原諒男友花心。

這點我從交往前就知道了。

「放心吧，我不會做那種事。」

『真的嗎？』

「真的。」

『真的不會？』

「真的不會。」

她讓我反覆說著這種感覺沒有結果的對話。

但這種感覺沒有結果的行為，也是戀愛過程中的一種愛情表現。

『你喜歡……我嗎？』

為求保險起見，我暫且環顧一下周圍。

當然沒有學生會喜歡在這種時間跑來陰暗的甲板露面吧。

「嗯，我喜歡妳。」

因為知道沒有任何人在，才能毫不猶豫地說出口。

『……嗯呵呵呵。』

「那種噁心的笑法是怎麼回事啊？」

我還以為她會高興，或是回我同樣的話，但想不到居然會被笑。

『一想到清隆是邊顧慮周遭邊這麼說，就覺得很有趣。』

看來惠似乎能看見我的舉止。

「我要掛斷嘍。」

『啊，等一下、等一下。再說一次嘛。』

「唔。」

被她要求再說一次喜歡，我的話語暫且在喉嚨卡住。

「我用買飲料當藉口跑出來的，差不多該回去了。」

『等一下！說你喜歡我嘛！』

「我剛才說過嘍。」

『我想再聽一次嘛！』

太任性了吧。不過話說回來，明明是同一句話，為何重量會有這麼大的變化呢？

「……我喜歡妳。」

『…………噗噗。』

「喂。」

惠本想忍住笑聲，結果她還是忍不住笑出聲來。

『嗯，你果然最棒了……我絕對不會把你讓給其他人的。』

雖然我才剛說過不用擔心那點，但她似乎只是越來越覺得不安而已。

『你不要求我說一樣的話沒關係嗎？』

「我求妳的話，妳就會說了嗎？」

『這可不一定呢～？』

「那麼，明天見。」

『慢點！這邊你應該懇求我才對吧！』

該怎麼說呢，從剛才開始我看起來好像有選擇權，但其實沒得選。

「那妳跟我說吧。」

『態度好隨便！感覺怎樣都無所謂！真令人不爽～！』

「……請妳跟我說。」

『咦～？要怎麼辦呢～』

我拚命忍住想回嘴的衝動，等待惠的回答。

『……我喜歡你。』

惠帶著一點笑意，不，是害羞地這麼簡短答道。

『晚安，清隆。』

「嗯，晚安。」

掛掉電話後，惠說的「喜歡」在我耳朵深處迴盪著。

「還不壞——呢。」

所謂的戀愛真的很有意思。

在夜晚的片刻，我不禁這麼心想。

1

剛變成八月九日沒多久的船內。

幾乎所有學生都已經進入夢鄉的深夜一點過後。

三人在只有大人能夠利用的夜晚的酒吧裡會合。

「唔～真累人呢。為什麼我們這些教師非得每天都工作到這麼晚才行？肌膚都要變粗糙

了。我們也想放暑假呀～」

星之宮將臉趴在酒吧的櫃台上，這麼發著牢騷。

「已經充分休息過了吧。五日跟六日都排給我們休息了。」

「只有兩天而已吧～？而且昨天跟今天都很忙耶～什麼尋寶獎勵遊戲呀，想要獎勵的是我們好嗎～」

「雖然明白妳的心情，但我們是社會人士啊，知惠。不像小孩那樣可以放長期暑假。」

坐在星之宮右邊的茶柱這麼勸導她。

「只要想到學生們在無人島努力了兩個星期，就沒什麼大不了的。」

這次換坐在星之宮左邊的真嶋催促她振作。

「不要逼我面對現實啦……我不想聽我不想聽！」

她用雙手摀住耳朵，抗拒地搖著頭。

「那麼，至少讓我們在船上度假吧。無論是游泳池還是電影，都只有學生們能享受，我們卻不能利用，這樣太不公平了吧～？」

每天都只能咬著手指眼巴巴看著這些情景，讓星之宮無法接受。

「這就是工作。」

「變成社會人士後，這就是很普通的事情喔，知惠。」

「啊～討厭討厭～你們這些工作狂！」

她更用力地用手摀住兩邊耳朵。

但過沒多久，她便鬆開雙手並舉起右手，大聲喊道：

「請給我可以逃避現實的烈酒～交給老闆自由發揮。」

然後她用左手砰砰地拍打著櫃台桌子，要求喝酒。

「真是的……妳一點都沒變呢。」

看到這樣的星之宮，茶柱傻眼地嘆了口氣。

「因為我的目標是永遠當個青春美麗的我？」

「我不是這個意思。」

「那是什麼意思呀～？」

「……算了，妳別放在心上。跟妳說明也是白費工夫吧。」

真嶋跟茶柱也慢半拍地點了啤酒，飲料都到齊後，三人舉杯乾杯。

「不過這次的特別考試，一直發生莫名粗暴的展開啊。太多出乎預料的事情了。」

「有學生受重傷，還有明顯是學生們故意弄壞的手錶。還發生了只有三年級生退學這種預料之外的狀況呢。」

星之宮將送上來的雞尾酒一飲而盡，歇了一口氣。

「果然問題出在讓學生過得太自由呢～雖然報告裡沒有提到，但一定有男女學生在看不見的地方變成那樣又那樣的感覺了吧？」

「希望他們有遵守最起碼的道德底線。」

「真嶋老師太天真了啦。就算不停暗示他們要守規矩，也無法阻止年輕人的激情喲。」

「只有妳腦子裡這麼想吧。」

被真嶋斬釘截鐵地這麼斷言，星之宮立刻要求再來一杯。

「等暑假結束後，又會開始變忙了。」

「嗚嘔，我受夠了。只拿低薪就被不停使喚的教師根本是消耗品嘛。」

「妳從剛才就牢騷不斷啊。」

「這是當然的吧。我就是想發牢騷才約在這裡碰面的呀。」

星之宮毫無愧疚之意地這麼說，將第二杯玻璃杯湊近嘴邊。

「知惠還是老樣子呢。雖然這也是她的優點。」

茶柱點了堅果當簡單的下酒菜。

「無論如何，這次無人島考試讓我鬆了一口氣呢。因為二年級生沒有輸呀～」

「只有三年級生異常地出現許多退學者這點，讓人感覺很詭異就是了。」

真嶋就這樣被星之宮與茶柱夾在中間，靜靜地傾聽她們說話。

不過，在準備轉移到其他話題時，他將剩下一半的啤酒杯稍微用力地放到桌上。

「二年級生做得很好。不過，那也會反過來招致傷腦筋的狀況。」

「那算什麼呀，意思是他們這麼努力不好？」

「雖然校方也不是希望有退學者，但我們負責的二年級生在截至目前為止的特別考試中，實際上一次也沒有出現過退學者。」

「實際上——是呢。雖然變成是學校方面要求半強制地選出退學的學生，但退學者就是退學者吧？」

三人都清楚地記得關於班級投票的事情。

「我想相信像那種無處可逃的特別考試，只會有這麼一次而已。」

即使是平常冷酷地對待班上學生的茶柱，也並非不會感到痛心。她的立場無法贊同這種強硬地把沒有做錯什麼的學生趕出學校的行為。

關於這點，星之宮跟她的意見也一致。但真嶋的表情卻依然嚴肅。

看到那表情，茶柱像要窺探他內心似的看向真嶋的眼睛。

「該不會校方又準備了強制選出退學者的特別考試吧？」

「就算是校方，也沒辦法一再推動像去年那種班級投票的發展吧。」

「如果是那種考試就沒問題。只要不是有強制退學措施的考試，我們班一定能克服。」

「哎呀呀？妳變得挺敢說的呢，小佐枝。」

星之宮隔著真嶋的背戳了戳茶柱的腋下。

「別鬧了。」

茶柱有些生氣地抓住星之宮的手，只見星之宮用銳利的眼神回看著她。

「妳不會以為你們班能升上A班吧？」

「……沒人那麼說。我只是想說他們比往年的班級還要優秀而已。」

「是哦？」

在這種緊繃的氣氛中，真嶋大口灌下剩餘一半的啤酒。

「確實沒有強制的退學。不過……」

星之宮也跟茶柱一起將視線投向語塞的真嶋。

「前幾天公布了關於下次特別考試的概要。是睽違十一年之久實施的特別考試。」

「十一年……我們今年二十九歲……所以上次實施是我們高中三年級時的事情了？還真稀奇呢，居然會採用那種古老的特別考試。」

高中時代的大部分記憶都在腦海深處融化消失了。

當時有怎樣的對話，進行了怎樣的特別考試呢？

就算有人要他們立刻全部回想起來，他們也無法回答吧。

「校方是配合一整年的行程在規劃特別考試的。更深入一點地說，基本上是每四年循環一次。到這邊為止你們都明白吧？」

「這是為了避免特別考試的內容在就學期間洩漏給其他學生對吧？」

高度育成高級中學在其歷史中實施過眾多特別考試。有只實行過一次的考試，也有考試因為通用性高，被編入每四年循環一次的行程表，可說是五花八門。

「當然有時也會刻意在短期間內重複同樣的特別考試，或是進行以共有情報為目的之特別考試；基本上都是事先安排好的行程在循環。但有時也會因應每年情勢不同，採用比四年更久以前的特別考試。」

「也就是說採用以前的特別考試並不是多稀奇的事吧？」

「沒錯。除非是『問題』相當大的特別考試。」

雖然真嶋的說法別有含意，但另外兩人並沒有想得太深。

反倒展現出對於新開始的特別考試十分積極的態度。

「說不定會變成我們班跟小佐枝的班級互相競爭的狀況呢～」

「妳好像很期待變成那樣呢。妳以為跟我們班對戰就能贏？」

「沒那回事喲～但感覺比跟龍園同學他們班或跟坂柳同學戰鬥要好很多？」

星之宮揚起嘴角，從嘴裡吐出酒精的臭味。

「我們班也成長了不少。勸妳別想得太簡單。」

「是哦～小佐枝居然會這麼說呢～果然是因為有綾小路同學這個特別的孩子在，態度才會變得這麼強勢呀？」

「綾小路確實也是個出眾的人才。但我們班有許多讓人感受到將來大有可為的學生。」

「也？小佐枝不是完全在依靠綾小路同學嗎？」

「妳究竟在說什麼？我什麼時候依靠綾小路了？」

就算看起來像是隨口聊聊，但對於坐在中間的真嶋來說，兩人的對話可能會讓他不寒而慄。

倘若就這樣默默聽她們說，要不了幾分鐘就會發展成爭論。

「就到此為止吧。現在在這裡較勁也毫無意義。」

「也是呢，我可能有點太激動了。」

星之宮一邊反省，一邊將酒大口灌入喉嚨，直到杯子變空。

「妳喝太快嘍。」

「沒事沒事～我酒量沒有弱到會輕易醉倒。」

「不，不是那樣。我是說會影響到明天……應該說今天的工作。」

「沒問題啦，不會影響、不會影響。」

星之宮完全沒有要停止喝酒的意思，又點了第三杯。

「……既然這樣，就在妳喝醉前先說吧。妳可以看看下次特別考試的概要。」

操作了手機的真嶋將手機放在桌上。

「重點在於特別考試的名稱。只要看到名稱，馬上就能理解。」

「考試的名稱？」

「唸唸看吧。」

兩人面面相覷，幾乎同時窺探著手機。

然後在看到那名稱的瞬間，茶柱倒抽了一口氣。星之宮也是同樣的反應。

茶柱與星之宮在學生時代曾經體驗過那個特別考試。

那通知是已經決定在第二學期的一開始實施考試的消息。

「就算是十一年前……是很久以前的事情，妳們應該也清楚記得這場特別考試才對。」

茶柱看了好幾次記載在上面的特別考試名稱，說不出話來。

星之宮將視線從手機上移開，拿起送過來的第三杯玻璃杯。

她看著自己映照在上面的臉，像在自嘲似的笑了一聲。

「想不到居然會再次進行這場特別考試呢……」

茶柱什麼也沒有回答，只是靜靜地垂落視線。

「我還以為去年的班級投票……就是用來代替這個的耶？」

星之宮像在確認似的看向真嶋那邊。

「這表示結果校方也只能使用類似的方法。假如無人島考試中有哪個二年級生退學，下次的特別考試原本預定會換成其他內容的樣子。」

「哎，那也沒辦法吧？畢竟也不能為了讓人退學，把筆試出得太難呀。都是因為小佐枝的班級太過優秀～？才會冒出這種問題很大的卑鄙特別考試呢～」

星之宮像是在挑人毛病一般這麼強調。

「要斷定問題很大還言之過早了。換個角度來看，只是個無關緊要的考試。」

「可是，只要選錯一步，就會變成難題。我說得沒錯吧～？小佐枝？」

閉上雙眼的茶柱沒有回答ＹＥＳ或ＮＯ。

「說得也是啊……畢竟你們兩人因為這場特別考試吃盡不少苦頭啊。」

「我們那時好像是辦在三年級的第三學期吧。我從未忘記過那天的事情呢。」

那句話是星之宮對懷念起過去的自己說，然後也是對茶柱說的話。

「話說，妳打算沉默到什麼時候？妳沒什麼感想要說嗎？」

就算她這麼問，還沒整理好思緒的茶柱依然講不出任何話。

「真沒用。」

星之宮簡短地這麼發牢騷後，無視沒有任何回應的茶柱，將視線移向真嶋那邊。

「真嶋老師怎麼看？下次的特別考試……會出現退學者嗎？」

「雖說A班遙遙領先，但B班以下也還有逆轉的機會。倘若抱著會贏的心態挑戰，很有可能會步上你們的後塵。」

「有種會陷入泥沼的預感——嗎？」

星之宮這麼低喃，向酒保點了第四杯酒。

她喝酒的速度越來越快。

「哎，我想我們班在負面意義上大概是不要緊，但小佐枝的班級不曉得會怎麼樣呢？畢竟目前正勢不可擋地從最底層往上爬，而且如果能在這邊增加班級點數，也有可能一口氣升上B班呢。如果是我——」

「我要回房間了。」

一直陷入沉默的茶柱，在喝光第一杯啤酒前就這麼說道並站了起來。

「才想說妳總算開口了，就說要回去，實在很掃興耶～」

「抱歉，之後就你們兩人慢慢聊吧。」

茶柱背對另外兩人，這讓至今一直我行我素的星之宮突然變了表情。

「我說呀～！」

星之宮將沒裝酒的玻璃杯用力往桌上一放。

然後氣勢猛烈地站起身。

她的行動不只讓茶柱嚇到，就連真嶋也大吃一驚，他沒有發出聲音，只露出略微動搖的模樣。

應該慶幸客人只有在場的三人吧。

「妳要追逐那種無聊的戀情到什麼時候呀！」

「……妳在說什麼。」

「妳知道我們今年幾歲了嗎？二十九嘍？那都幾年前的戀情啦！」

「喂，妳一口氣喝太多了——」

「真嶋老師給我閉嘴！」

「…………」

原本在附近擦拭著玻璃杯的酒保感受到非比尋常的氛圍，他離席前往洗手間。

「妳的時間一直停留在高中三年級，就只有年紀越來越大。然後擅自把重擔壓在現在的孩子們身上……啥啊？妳是笨蛋嗎？」

茶柱沒有反駁連續不斷的痛罵聲，就這樣一言不發地離開了現場。

被留在原地的星之宮與真嶋陷入了沉默。

「哎～呀呀，她走掉了。」

星之宮像是覺得沒勁似的回收茶柱留下的酒，重新坐回位置上。

「妳也太壞心眼了，星之宮。」

「這也沒辦法吧。誰教校方偏偏要採用這場特別考試。」

「畢竟讓妳們的感情產生決定性裂痕的，也是這場特別考試啊。」

「要是小佐枝有選擇正確的答案，我們就能在A班畢業了喲？」

「……妳果然還在恨她嗎？」

「當然恨她啦。因為那次失敗，現在才會在這所學校當什麼老師。明明應該能到更輝煌的世界發展。」

「那場考試後，因為妳跟茶柱是室友，宿舍生活也變得一團亂啊。」

「發生那種事情後，怎麼可能一起生活嘛。說不定會演變成互相廝殺。」

「也太誇張……不能這麼斷言是妳們最恐怖的地方。」

星之宮抓住頭髮，拔了一根下來。

「妳不是已經改掉那個習慣了嗎？」

「啊，糟糕。在無意識中又動手了……我寶貝的頭髮……你要嗎？」

「不需要。」

真嶋無視星之宮遞出的頭髮，向回來的酒保點了第二杯酒。

看到這一幕，星之宮也催促酒保給她第四杯。

「實在不該跟人合租一間房的。能和平相處時還好，一旦發生糾紛，關係就會有劇烈的變化。尤其是關係到戀愛和將來的前途時。」

不知不覺間，星之宮恢復成平常一派輕鬆的表情。

「難得二年級生在無人島考試中全員倖存下來了耶～校方也真是殘忍。」

「原本這所學校制定的方針就是每年要出現幾個退學者嘛。二年級生剩下的人數實在太多了。但校方也充分地認同二年級生的努力。正因如此，才會有這場特別考試。畢竟還不曉得結果會怎麼樣。」

「是那樣沒錯啦……但那場考試會讓人性的醜陋和軟弱的內心浮現出來嘛。唯一的救贖大概是現在還只是二年級的第一學期剛結束而已吧。啊，也就是說這點跟校方認同他們有關聯呢。」

「剩餘的校園生活愈短，班級點數的價值就會愈高，特別考試也會更加困難。跟三年級的第三學期才進行那場考試的我們相比，還算是有些救贖。」

「畢竟我絕對沒有錯嘛……都要怪小佐枝不好……」

「那要看人怎麼想。無論是妳或茶柱，都做出了正確的判斷。」

「這可難說——」

星之宮原本打算喝剛送上來的酒，但她忽然停下了手。

「怎麼了？」

「就憑我們班……至少是無法升上A班的。」

「妳在說什麼？」

「我已經明白啦。因為我絲毫不覺得能追上坂柳同學班嘛。可是……可是，就算這樣，我也絕對不會讓小佐枝他們班在A班畢業。對我們而言，在A班畢業是夙願。破壞了這個願望的她根本沒資格讓自己的學生在A班畢業。我說得沒錯吧，真嶋老師。」

「……這應該是兩回事吧。」

「才不是兩回事。絕對不是。」

「而且一之瀨班很優秀。他們還有通往A班的道路可走。一之瀨班應該能輕鬆克服下次的特別考試才對。」

「那樣是不行的啦。無論有多麼殘酷的未來在等待，為了在A班獲勝，都必須化身成魔鬼。就像我曾經試圖做的那樣。」

「就算會出現退學者也一樣嗎？」

「就算會出現退學者也一樣喲。」

話說回來——她停頓了一下。

「平田、櫛田、堀北、高圓寺以及綾小路……不管想幾次，這都太狡猾了吧。」

「雖然跟往年一樣是問題學生較多的班級，但他們莫名地產生出夥伴意識。簡直就像缺點一個一個被改善一樣啊。」

「那種夥伴意識最好在下次特別考試徹底崩壞啦。」

星之宮這麼說，將頭搭在真嶋的肩膀上。

「我好像喝得太醉，有點不舒服……真想到真嶋老師的房間休息一下呢。」

「要睡就回自己房間睡。」

「真無情～應該可以用更溫柔的說法吧？」

「想睡的話最好回自己的房間。」

「沒什麼差別好嗎！」

星之宮像是要抱緊真嶋強壯的左手，將自己的身體湊上去。

但真嶋用力地硬把她拉開了。

「你不缺對象？」

「我不缺對象。」

「咦～那至少送我回房間嘛～然後在房間繼續喝到早上吧？」

「不好意思，我也要回房間了。妳也別喝過頭啊。」

「你不覺得這是千載難逢的好機會嗎？」

「不好意思，但我不打算深入了解妳或茶柱。因為只會惹麻煩上身啊。」

「真冷酷～」

在人都走光的酒吧櫃台前，星之宮靜靜地將酒送入嘴裡。

2

在教師們舉行這種包括發牢騷在內的飲酒會當天。

毫不知情的學生們為了在剩餘的豪華遊輪生活中留下回憶，與夥伴一同行動。

不過，我——堀北鈴音正打算將所剩不多的假日用在完全不同的事情上。

私人游泳池的入口前設置著工作人員與服務台。

倘若游泳池空著，在這裡登記並付款後，就能使用游泳池。

但私人游泳池似乎大受學生們歡迎，應該幾乎都被預約額滿了吧。

當然，對我而言這樣正方便就是了。

「不好意思，我想預約私人游泳池。」

我向櫃台的工作人員搭話。因為已經跟眾多學生反覆進行過相同的對話嗎？工作人員看起來很熟練地開始簡單的說明。

「請寫上想預約的時段。已經有人先預約的話，也能等待候補。」

工作人員這麼說，將板夾遞給了我。

我會來這個地方並非為了享受私人游泳池。

而是為了拿到此刻就在眼前的板夾，才特地前來這裡的。

「借用一下。」

咖啡廳等場所都是利用平板或機器登記的預約系統。

但私人游泳池固定每組相隔一小時，而且能夠預約幾天後的時段，因此一律使用在紙上登記來預約的方式。

我假裝在找自己要預約的日期與時間，注視著每個人的字體。

私人游泳池可以多人一起利用，然後由代表人登記預約。

其實我原本打算在前幾天的尋寶遊戲中做個了結。

參加者是全校學生的大約一半。

一年級生的參加率甚至超過百分之六十六。

雖然我在考試結束前確認過了所有一年級參加者的名字和筆跡，但沒有任何一個候補人選跟我記憶中的筆跡吻合。

給我那封信的人物碰巧在剩下的百分之三十四裡嗎？

不，或者對方是為了避免讓我發現名字與筆跡一致，才沒有參加？

總之，一方面也因為這樣，我正持續進行從剩餘百分之三十四的一年級生裡找出那個人物的作業。

話說回來，私人游泳池的預約率還真令人吃驚。

包括最後一天在內，幾乎所有時段都有人預約。

因為直到前一天為止都能免費取消預約，應該也有學生想著總之先預約再說吧，真的很受歡迎呢。

雖然有寫上代表者姓名與人數的欄位，但沒有必要寫上年級。

我在那張紙上看到的文字，真的是非常漂亮的字跡。

雖然大略翻了一下確認所有人的資料，但沒能找到相同水準的筆跡。

原本就覺得沒那麼容易找到，看來真的跟想像中一樣呢。

能夠確認學生的名字與筆跡的機會，不會經常降臨。

既然找不到吻合的筆跡，這下就得開始耗時的作業呢。

必須重新看過每個人的名字，對照ＯＡＡ來搜尋。

雖然以預約表單來說，並不是有幾百筆資料，但光是確認作業就會耗費很多時間。即使要略

過字跡明顯較醜的學生或寫字習慣不同的學生很簡單，不過我想在這邊確實地查明能夠把誰排除在外。

一年B班木林學弟、一年D班望月學妹可以除外。江藤學妹……有參加昨天的尋寶遊戲，已經確認過她的筆跡，所以可以除外呢。值得慶幸的是櫃台的人似乎有很多雜務，並未看著一手拿著手機在瀏覽名冊的我。

話說回來，真的沒那麼容易找到人呢。為了保險起見，我也大概看過參加尋寶遊戲的二年級生和三年級生的名冊清單，但沒有看到感覺是同一人物的人。

寫了那張紙條的人物究竟在哪裡呢……

就在我將第九個人排除時，已經過了好幾分鐘。

感覺差不多要被櫃台人員懷疑時，有人出乎意料地從背後向我搭話。

「請問妳還要花很多時間嗎？」

「咦！是、是呀。對不起。我跟朋友的時間很難配合，一直喬不攏。」

我似乎太專注於瀏覽名冊，甚至沒注意到背後站了學生。

我原本預估已經不會有其他學生跑來預約，還真是不走運呢……

要讓對方等上好幾分鐘來製作除外名冊相當困難。

既然這樣，讓這個男生先預約比較好吧——我這麼判斷。

而且他看來像是一年級生，而非三年級。

「感覺我還要花一段時間才能決定，請你先登記吧。」

「這樣子嗎？那我就先登記了。」

男學生這麼說，從我手上接過板夾。

他身高很高，大概跟須藤同學差不多，或比他矮一點。我一邊操作手機，假裝跟朋友在聊天的樣子，同時等待來訪者寫完預約名冊。

是因為能預約的時段有限嗎？他比我想像中更快做出決定。

過沒多久，男生似乎是寫好了預約必填的欄位，他轉頭看向這邊。

「謝謝妳。那我告辭了。」

像要交換似的接過名冊後，我立刻確認剛才寫上的一年級生名字。

「……找到了。」

代表者姓名——石上京。利用人數五人。

因為他也沒參加尋寶遊戲，所以是第一次看到的名字呢。

我用已經開啟的OAA調查他的名字，得知了他是一年A班。

他的字跡工整優雅，就算有人說他長年在練硬筆書法也沒什麼好奇怪的。

只不過所謂的字跡非常容易反映出寫字習慣。這字體並非我在無人島看見的那種讓人感覺簡直像機械一樣的範本。儘管如此，這確實也是截至目前為止看過的字當中最為接近的筆跡。要是紙條還留在手邊就能仔細對照，但因為已經被天澤學妹撕毀丟掉，無法那麼做。我沒辦法確切地證明記憶中的文字跟這個石上學弟寫的文字當真是不同的筆跡。

就在我緊盯著他的字看時，忽然陷入一種類似完形崩壞的感覺。

因為從前幾天開始就一直看著各種字，好像也對大腦造成不少負擔呢。

「對不起，能請你等一下嗎？」

我稍微提高音量叫住正逐漸遠離的石上學弟。

他感到不可思議似的轉過頭來，我接著這麼說道：

「其實我剛才跟朋友討論好時間，但好像跟你寫的時段重複了。所以能跟你商量一下嗎？」

無論是怎樣的話題，我都想要一些提示，確認他是否是暗示綾小路同學會退學的人物。

「雖然不是不能商量，但我正好才跟同伴傳達我預約了那個時段——」

他將手機背面對著我這邊，往上拿到臉部附近。

暫且成功叫住了他，能夠維繫下去了。假如眼前的他是在無人島寫下那張紙條的人物，雖然不曉得他是否直接把紙條送到我的帳篷，但他很有可能認識我。

「可以讓我再看一次名冊嗎？」

「當然可以。真抱歉呢。」

「不會，無所謂喔，堀北學姊。」

被他呼喚名字，讓我的心跳稍微加速。

「……原來你知道我的名字呀。但我不記得曾跟你說過話。」

「我在剛入學沒多久就舉行的首次特別考試中，把學力較高的二年級生的名字與長相大致都記住了。」

方便的OAA也能用來記住學長姊和學弟妹的名字。

「你的記憶力真好呢。我自認也在某種程度上記住了學力較高的學生，卻沒認出你呢，石上學弟。」

「因為我這個人比較低調。」

我們沒有起爭執，而且我也沒有遭到懷疑，十分和平地討論出結果。

雖然無法獲得決定性的證據，但我果然還是覺得他的字體有些不同呢。

再繼續留住他會感到過意不去，我決定讓他離開。

「可以問妳一件事嗎？堀北學姊。」

然而這次卻換我被石上學弟搭話了。

「學妹剛才說妳叫住我時，雖然自認為有記住學力較高的學生，卻沒認出我對吧？」

「對，那有什麼問題嗎？」

我不記得有說什麼奇怪的話……

「學姊真的不記得嗎？」

他像在提醒似的這麼確認。

「當然是真的嘍。」

實際上我的確不記得有石上學弟這個人。

「那麼，學姊是在什麼時候知道我的學力很高呢？如果學姊剛才在跟朋友討論預約的時間，要啟動ＯＡＡ確認這件事，應該得花上一段時間吧。」

壓根沒想到的犀利指謫，讓我無法立刻應對。

一直到透過名冊發現他的名字這邊，都沒什麼不對勁。但確實就跟石上學弟說的一樣，我知道他的學力很高這點相當奇怪。

明明可以更早指出這件事，他卻緩緩地放長線釣大魚。

像是看準了我以為順利結束了應酬，感到安心的時間點。

「我是碰巧開著ＯＡＡ，在背景中啟動了。因為石上學弟的名字碰巧在我想預約的時段，我才急忙確認大頭照，看是不是同一個人。」

雖然這個藉口有點牽強，但也不是絕對不可能的事情。

石上學弟用手機跟朋友確認完畢後，淡然地變更了預約時間。

「這樣子嗎？是我胡亂猜想了，十分抱歉。」

「沒關係的。你應該也嚇了一跳，會亂猜也很正常。」

「那麼，我先告辭了。」

「啊……對了，石上學弟，真的很謝謝你讓出預約時段。」

「無所謂喔，但是——」

話說到一半的他，感覺像是有點猶豫要不要接著說下去。

「什麼事？」

「沒什麼。有緣再見吧，堀北學姊。」

「也是呢。再見。」

情況沒有照我所想的發展，石上學弟背對著我邁出步伐。

雖然從筆跡來看也覺得他不是犯人，卻是個讓人莫名在意的學生。

目前先把他定位成偏向清白的灰色地帶似乎比較好呢。

我就這樣目送他離開，直到看不見他的背影後，我緊握名冊呆站在原地。

既然已經預約了時段，在這裡盯著名冊看也很不自然呢。

得記得隔一段時間後先取消這次預約才行。

而且既然無法獲得線索，也得思考一下接下來該怎麼做才行呢。

「妳的表情看起來挺複雜的呢～堀北同學。」

難得在這個地方現身的星之宮老師向我搭話。

星之宮老師似乎是跟她負責那班的神崎同學一起來的，他也跟我對上視線。

「是這樣嗎？我認為跟平常沒兩樣。」

「是嗎？或許吧～」

比起這個，我更在意的是星之宮老師手扶著牆壁一事。

「那個，老師您覺得不太舒服嗎？」

「啊啊～這個？不用在意這個，這是大人特有的毛病。」

大人特有的毛病？究竟是什麼毛病呢……

「應該說剛才那個帥氣的男生……呃——是誰來著呀～總覺得好像在哪見過呢。」

星之宮老師沒多久前擦身而過的人，除了石上學弟以外沒有別人。

「是一年A班的石上。」

在我回答之前，站在老師旁邊的神崎同學先回答了。

「咦？一年級生？哎，如果是二年級生或三年級生，知道也是理所當然的啦……」

不知為何，星之宮老師感到不可思議似的歪了歪臉龐。

「怎麼了嗎？老師對他有什麼想法？」

無論是怎樣的線索，只要有機會獲得都不能錯過──我這麼心想，試著詢問老師。

「嗯～總覺得挺早之前在學校見過他一次呢……可能是我看錯了吧。唔，抱歉，堀北同學，我好像不行了！」

星之宮老師步履蹣跚地衝向甲板。

我心想不知發生什麼大事，也追著她的背影跟了上去。

「啊、嗚咕咕、噫──！」

雖然不是很懂，但老師一邊發出痛苦的叫聲，一邊來到外面。然後，星之宮老師格外大聲地「嗚」了一聲後，她摀住嘴巴，抓住甲板上的扶手。

「嗚嘔嗚嘔嗚嘔嗚嘔！」

閃閃發亮（雖然實際上不是那麼漂亮的東西）的嘔吐物被強烈的海風吹散飛走。我跟慢了些前來的神崎同學一起目不轉睛地注視著這一幕。

我們究竟被迫看了些什麼呢……

「老師……我認為這是在很多方面都大有問題的行動。」

我先指謫了衛生觀念與道德上的部分。

「唔唔，因為宿醉和暈船混合在一起，對噗起喲堀北同──嗚嘔嘔嘔嘔！」

唯一的救贖是幸好這底下是海洋呢……

「抱歉，我還是回房間睡覺好了……明明話說到一半而已，對不起喲，神崎同學。」

「請別放在心上。我再另找時間跟老師商量。」

「還有堀北同學也是，抱歉讓妳看到奇怪的東西……嗚噗！」

雖然星之宮老師輕輕揮了揮手，但她立刻重新摀住嘴巴，飛奔回到船內。

「……真是個忙碌的人呢。」

「沒看習慣的話，八成會感到困惑吧。」

「你看過好幾次嗎？」

「在早上的班會被迫看過大約三次那種景象。」

這……還真是令人同情呢。

因為看不見星之宮老師的身影了，我稍微向神崎同學點頭致意，準備離開。

「堀北，妳跟石上有什麼關係？」

被叫住的同時，他拋出了出乎意料的話題。

「什麼關係是指？」

因為不清楚他這番話真正的意思，我只能這麼回應。

「妳剛才跟那傢伙在說話吧。」

「聽你這個語氣，看來你們至少認識呢。你好像也知道他的名字。」

「畢竟在我們剛升上二年級就舉行的特別考試中，有很多機會跟一年級生接觸嘛。」

許多一年級的優秀學生都被坂柳同學班或龍園同學班帶走了。

就算神崎同學在這個過程中知道石上學弟這個人也不奇怪，但……

平常不會找我說話的神崎同學會追問關於石上學弟的事情，讓我有點意外。

「我在預約私人游泳池時跟他撞上了同一個時段，所以才會交談。」

我簡單地說明原委，但神崎同學看來有些無法接受的樣子。

「話說回來，從你的角度來看，他是個能信任的學弟嗎？」

關於我在追查的線索，石上學弟是證人之一，但我還不曉得他是怎樣的人物。

正因如此，我想先盡可能多獲得一點情報。

「學力無可挑剔。這點就跟透過ＯＡＡ也能知道的一樣。」

「也是呢，是無可挑剔的Ａ評價。」

雖然對比之下身體能力就不太理想，是Ｄ－評價。

「但會念書不等於能夠信任。」

「妳想知道石上能否信任的理由是？感覺跟預約無關。」

現在正值沒有特別考試的暑假期間。

會在意這點確實也不奇怪呢。

因為神崎同學好像很介意，我才試著詢問，但就到此為止好了。

「沒什麼，你別放在心上。我只是沒來由地想問問看而已。」

因為不能給他關於筆跡的情報，我試圖打發掉這個話題。

但他沒有將視線從我身上移開，接著說道：

「那個男人能否信任，我並非沒有可以判斷的根據。」

雖然他的說法有些迂迴，但這表示神崎同學知道關於石上學弟的事情。

「假如妳能回答我提出的疑問，我也可以告訴妳關於石上的事情。」

我判斷石上學弟是偏向清白的灰色地帶，因此沒有必要勉強自己奉陪神崎同學說這些。只不過總覺得神崎同學這時的表情跟平常那種冷靜的態度不同，讓我有些在意。

「疑問？是什麼呢？」

「我這陣子一直在持續考察關於堀北班的事。」

「……我們班？」

「在這當中我特別想知道的是……綾小路真正的實力。」

「就算你問我這種事，我也無從回答起喲。能請你直接問他嗎？」

綾小路同學的名字在這邊出現讓我內心大吃一驚，但我仍試著轉移話題。

「就算直接問他，他也不會老實回答吧。」

「或許是那樣呢。但是，我說的話也未必能信任吧？」

「只要能當成一個參考就行了。」

「雖然跟他認識了很長一段時間，但我對他也是一無所知喲。」

「要說『一無所知』實在過於誇張。既然妳自稱是統整班級的領袖，應當對班上同學的內情有某種程度的了解。」

「我還沒有獲得班上所有人的信賴。這點綾小路同學也是一樣喲。」

我還不具備足以抬頭挺胸地自稱是領袖的資格。

至少我還沒能成為像坂柳同學、一之瀨同學或是龍園同學那樣的存在。

「妳也不會老實回答我嗎？畢竟他對堀北班而言是寶貴的戰力吧。」

「光是能讓你像這樣提防他，就能在某種程度上感受到他的存在價值呢。」

無論是否有那個實力，如果能讓人花費心力去思考關於他的事，那實在值得慶幸呢。

「你還有其他想問的事情嗎？」

「沒了，我目前在意的就只有這件事而已。」

既然如此，就算他不肯告訴我關於石上學弟的情報，也是無可奈何的事。

我無法主動深入追問呢——雖然我這麼心想，但……

「石上這個學生十分優秀且重情重義，也擁有執行力。他已經在一年A班被認同為領袖，那

個男人的夥伴毫無疑問地全面信賴著他吧。是個把一之瀨跟坂柳的優點都抽出來的男人——這種形容說不定最容易讓人理解吧。」

「那樣對同伴來說想必很可靠吧。」

「只不過，那終究是對同伴來說而已。對於威脅到同伴的存在，就未必如此。他恐怕是那種會毫不留情地露出獠牙的人吧。」

在我看來，他感覺是個溫和的學生，因此就憑現有的情報，很難想像他那種模樣。

「那麼，他對並非敵人也非同伴的對象，會採取怎樣的態度呢？」

「如果並非敵人也非同伴，對他而言，就是漠不關心。」

「漠不關心？」

一直在眼前告訴我這些話的神崎同學忽然停止動作。

「……對。他應當不會去留意對自己而言毫無意義的存在。」

「他剛才對我說了『有緣再見』呢。漠不關心的人會留下這種暗示再會的話嗎？」

「石上嗎？不，那傢伙不會輕易說那種話。他真的那麼說了？」

「如果我沒聽錯的話。話說回來，你似乎對他很熟呢。」

跟我在追查的事情無關，但我不禁好奇神崎同學與石上學弟之間是否有什麼呢？

「並沒有很熟。因為他一次也沒有理會過我啊。」

他像在自言自語似的這麼低喃後，接著這麼說道：

「那個男人只會對敵人或同伴感興趣這點是事實。換言之，這表示堀北妳在石上內心已經被歸類到其中一邊了。」

「就算你這麼說，我也不是很明白呢。」

我今天才首次與石上學弟有接觸。

在這之前我們連一次也沒有直接碰過面，當然也沒有打過招呼。

並非明確的同伴，也非明確的敵人——這是很正常的分析。

「在不知不覺間有了關聯，是經常有可能發生的事。」

「你是說我的行動間接對他造成影響？」

「無法澈底排除有那種可能性。」

總覺得神崎同學說的話有我無法理解的地方。

神崎同學暫時陷入沉思，但過沒多久他便靜靜地低喃：

「我先給妳一個忠告。別再跟石上有所牽扯了。」

「我原本就不打算跟他有牽扯。能順便告訴我還有其他應該先提防的一年級生嗎？」

「其他一年級生？」

目前沒有任何一個能明確地說是嫌疑犯的人物。我想要線索。假如能出現天澤學妹或除此之外的名字，他的發言也會變得更具分量。

雖然我這麼心想……

「在一年級生裡應該留意的，頂多就石上吧。」

神崎同學這麼回答後，背對我邁步離開。雖然他在途中跟一直看著這邊的伊吹同學擦身而過，但兩人甚至連視線都沒有對上。

「妳跟神崎很要好嗎？」

「一點都不好喲？今天只是碰巧有共通的話題可聊而已，怎麼了嗎？」

「他跟妳一樣長著一張好像很聰明的臉，讓人很討厭呢。」

認真問她只是白費時間。

「妳跟那傢伙的共通話題是？」

「就是叫石上學弟的一年級生喲。他的筆跡跟我在尋找的筆跡有一點相似呢。」

我這麼說，將石上學弟在OAA的個人檔案顯示在手機畫面上。

一年A班　石上京

學力　A（95）

身體能力　D－（25）

靈活思考力　B＋（77）
社會貢獻性　D（31）
綜合能力　B－（61）

「而且他的說話方式和態度讓人看不透，感覺也有一點詭異。」
「是哦？意思是在妳看來他很可疑？」
「這就難說了。雖然我覺得他是偏清白的灰色地帶……但假如這個身體能力的評價並非他真正的實力，他說不定會一口氣變得很可疑呢。」
說是這麼說，目前也沒有確認這點的方法。
「這個叫石上的是清白的喲。」
伊吹同學像是要否定我的推理一般，插嘴這麼說道。
「妳為什麼能這麼斷言呢？」
「我前天從能夠俯視游泳池的樓層沒來由地眺望著在玩樂的那些傢伙。」
「妳一個人？還真寂寞呢。」
「啥？那我不說了喲？」
「我開玩笑的，繼續說吧。」

「真是的……因為個頭高所以有點引人注目的那傢伙映入我的眼簾。他的身材很普通，無論上半身或下半身都沒有特別鍛鍊。他絕對沒有在鍛鍊身體。關於妳在找的那個人，妳預測是個像天澤或綾小路一樣強的傢伙對吧？」

「難道說妳會去游泳池……是為了尋找有在鍛鍊的人？」

妳總算察覺了？——伊吹同學彷彿想這麼說似的聳了聳肩，接著說道：

「強度與肉體一定會成正比。能動的傢伙絕對會有結實的身體，而且如果是力氣大的傢伙，沒有鍛鍊出肌肉就很奇怪了吧。」

如果是外行人的判斷還不好說，但伊吹同學好歹是個格鬥家。

既然她看見了上半身赤裸的石上學弟，這個情報就相當可靠。

「以妳來說，還真是找到了不錯的著眼點呢。」

如果伊吹同學的情報正確，他的身體能力無庸置疑地是D－上下。

當然，雖然未必是一開始推理的那種強大的人物……

但似乎可以判斷石上學弟完全是清白的呢。

「無論如何，假日也差不多要結束了，接下來就等第二學期開始再繼續吧。」

「不曉得要耗到什麼時候啊。」

雖然不是不懂她會感到傻眼的心情，但現在還沒有任何決定性的證據。

只能暫時勤奮不懈地繼續努力。

3

許多學生前往船內設施的時間。

一年A班的天澤一夏則是前往有一名學生在等候的客房內。

「約在這種時間，要是你的室友回來了，你打算找什麼藉口？——一般應該會這麼說啦，但既然是你，應該算好了他們絕對不會回來對吧？」

那人對這麼提問的天澤淺淺一笑，沒有回答是與否。

「你明白現在的狀況嗎？無論是小七瀨或堀北學姊，還有龍園學長也是，大家好像都拚命在找你喲。就這樣放著不管沒關係嗎？」

「這樣就行了。計畫進行得很順利喔。」

「既然這樣，就把那個計畫的詳情也告訴我嘛——拓也。」

被天澤稱呼拓也的人——也就是一年B班的的八神拓也靜靜地從床上站了起來。

「妳也真是學不乖呢，一夏。」

天澤露骨地提防著靠近的八神，連眼睛都不眨地凝視他的行動。

因為可能會在眨眼的那個瞬間遭受到某種強烈的攻擊。

「我不會在這種地方動手的。」

「雖然我也想那麼相信啦。」

「妳的確已經不是White Room這邊的人了。所以對我而言妳是敵人。」

八神伸出右手，輕輕碰觸天澤的瀏海。

「妳大概是這麼想吧……但我甚至沒有把妳認知成敵人喔。」

「哎呀呀，你還真敢說～」

「開玩笑的。只是妳既然已經變成了一般人，我就無法輕率地行動而已。」

「而且我說不定正在錄音呢。」

「只是錄音的話，就隨妳高興吧。」

八神很清楚就算天澤將這段對話錄音，也不會對他造成任何損害。

假如天澤已經完全站在綾小路那邊。只要直接說出八神的事就行了。

縱然無法讓人相信是實話，也能讓他盡最大限度提防八神。

「會叫妳來這裡，是想確認妳真正的意圖。妳是真心想保護綾小路學長，才會一再妨礙我的計畫嗎？」

「我完全不懂你在說什麼喵～」

看到天澤故意說笑，八神笑了笑，將手指從天澤的髮絲上移開。

「因為數量多到我懶得指謫了，我就只問關於我被迫變更計畫的那一點吧。妳為什麼要在無人島考試時妨礙我送去襲擊綾小路的櫛田與倉地？」

「不用我解釋你也明白吧？因為那是對綾小路學長而言很痛的戰略呀。我不想讓人拍下他跟小七瀨與倉地同學這兩個毫無關聯的人在爭執的場面。如果是學長應該能高明地擺脫吧，但就算這樣，還是無法避免那會變成很危險的影片。」

「是嗎。如果是他，無論對手是七瀨或倉地，確實都能輕鬆應付。但是，只要把他應付那兩人的場面記錄下來，就能當成一個談判條件。就算綾小路強硬地從櫛田手上搶走平板，他也無法解除密碼；要是用物理方式破壞，也會產生其他問題。」

預測到這些行動的天澤妨礙了計畫。

「你在生氣？」

「怎麼可能。我認為以結果來說，變成更有意思的演出嘍。而且也知道了他的性格與預測的準確度。明明有差點遭到襲擊的跡象，卻沒有選擇搜尋ＧＰＳ。因為他精準地預測到就算搜尋也只會礙事，才沒這麼做。一般來說，像七瀨那樣搜尋ＧＰＳ，追查倉地或櫛田才是常規喔。」

關於這點，回到船上後也看不出他有任何行動上的變化。

「畢竟就結果來說，小七瀨跟龍園學長算是踏進了迷幻森林嘛。雖然好像還沒有接觸，但就算他們之後去逼問毫無關係的宇都宮同學，也不可能有什麼成果。但是堀北學姊呢？她好像從拓也寫的紙條上獲得提示，試圖特定出寫紙條的人呢。居然讓人在尋寶遊戲時手寫簽名，真虧她能想到呢。」

「要是再多給她一點提示，她遲早會查到我這邊吧。」

八神一點也不著急，反倒像是迫不及待那一刻的到來。

「也就是說那張『紙』也是你故意安排的嗎？」

「那當然也是我的演出嘍。希望她能努力查到我這邊呢。」

八神在這之後也確實布滿了讓她用來追查的提示。

縱然不直接問，天澤也能清楚理解這件事，

「那之後呢？要是她發現跟拓也的筆跡吻合，這個情報也會傳入綾小路學長耳中喲。」

這麼一來，八神就會被懷疑是White Room學生。

「他原本就不信任我這個人，而且我想他也已經察覺我散播的幾個謊言了。這種迂迴的做法原本也是因為月城很礙事呢。因為月城退出，也沒必要這麼做了。畢竟在有人準備好的有利狀況下擊潰綾小路也毫無意義呢。」

「意思是何時穿幫都無妨？」

「就是這麼回事。我甚至覺得我直接坦承也無所謂。」

八神從一開始就打算跟綾小路正面較量。

只是如果在準備階段做出輕率的行動，可能會被月城阻擾。

八神雖然擬定各種計畫並聽從月城指示，但這些都只是為了爭取時間而已。

「但是，無人島考試也結束了，應該暫時沒機會跟二年級生較量了吧？我覺得早點回White Room才是為了自己好喲～」

對於不打算回去的天澤來說，被除名是她求之不得的事。

但對八神而言，那也是他應該回去的唯一一個場所。

「我必須以完美的形式澈底擊潰他才行呢。在學習方面無論落後多少都能挽回。」

他笨拙地露齒笑的笑容，跟平常的爽朗態度毫不相似。

「拓也的性格真的很扭曲呢，跟我扭曲的地方不一樣。」

儘管感到傻眼，天澤仍接著說道：

「宇都宮同學也真可憐。他明明只是重視夥伴，卻為了保護小椿跟拓也聯手。他要是知道讓C班夥伴退學的人是拓也，一定會生氣吧～」

「因為我從一開始就知道他是個笨拙又重視夥伴的人嘛。只要先讓他有一個同班同學退學，他就會心想下次絕對要阻止。他跟不同班的我原本是不可能攜手合作的，為了讓他跟我聯手，最快的方法就是樹立一個叫做寶泉的共通敵人。我博得椿和宇都宮的信任，讓他們展開不可能成功的戰略，確認綾小路的手牌。託他們的福，也能看出綾小路跟叫做坂柳的二年A班領袖有關係喔。」

「啊～有栖學姊好像有來找我呢。」

「她今後也有可能介入我跟綾小路的戰鬥，得思考一下對策才行。」

「是、是，哎，隨你高興吧。」

八神滔滔不絕地說了起來，已經看膩的天澤一臉無聊似的嘆了口氣。

八神心情好的時候，就算放著不管，他也會像現在這樣一個人說個沒完。

他親自背負起被發現真面目的危險，比任何人都更享受這種狀況。

「演講之後滿足了嗎？我可以回去了嗎？」

「在回去之前，我不惜找妳出來也想確認的是一夏妳的意志喔。」

「嗯～意志？」

露出孩子般笑容的八神，瞬間抓住天澤的雙手前臂。

「唔！」

一直抱著絕對要避開的打算而保持警戒的大澤雖然沒有人意，但無法澈底反應過來。

「是宇都宮，還是我？大家會在不遠的將來得知這件事。那時才是起點。」

「……然後拓也要來一場你期望的認真對決嗎？」

「要在認知到彼此是敵人的前提下，競爭真正的實力。」

「別做這麼迂迴的事情，像個男人一樣用拳頭決定如何？如果是拓也的戰鬥能力，應該也能跟綾小路較勁吧。」

「除了必要的最低限度以外，我不會使用暴力喔。」

「你還真敢說呢。」

八神拘束天澤雙手的力道非比尋常，即使是天澤也無法甩開。

話雖如此，但就算想選擇其他手段，在狀態並非萬全的現在，根本不是他的對手吧。

「我現在會這麼做，表示這就是必要的最低限度的暴力──妳無法理解這點嗎？」

雖然天澤用笑容回應，但她已經在腦海中想像了好幾次這之後的發展。

只不過無論反覆想像多少次，都無法找到能打破這種狀況的模式。

「今天會叫妳來這裡，其實是因為我原本打算讓妳再也無法戰鬥。畢竟無論怎麼努力，知道我事情的一夏今後都只會妨礙到我。妳注意到了嗎？」

「啊哈哈～可能不好笑呢。」

天澤從正面承受八神逼近的臉龐，開始做好心理準備──

被緊緊握住的前臂突然沒了壓力，拘束被解除了。

「開玩笑的。」

八神像平常一樣溫柔地露出笑容，將手搭到天澤背後的門上。

「這玩笑很難笑喵～」

「抱歉抱歉。但我今天原本真的打算擊潰妳。但我停手了。」

「唔哇，是這樣嗎？」

八神這樣的回應讓天澤嚇得將身體向後仰，不敢領教。

「因為我聽說妳已經受到司馬的制裁了嘛。妳沒有反擊是正確的。」

「要是擊退他一次，只會被加倍奉還而已。我小時候就學到這點了。但放著我不管真的好嗎？」

「因為知道一夏會貫徹靜觀其變的立場嘛。要是我判斷妳完全站在綾小路那邊，早就讓妳沒戲唱嘍。」

「崇拜的學長與同期的情誼——要放在天平上衡量實在有點困難呢。」

「妳大可放心喔。因為必須贏過綾小路的部分是鬥智嘛。我不會對他使用暴力。我退學或者他退學——只會是兩者其中之一。」

八神這麼說並打開客房的門，紳士地讓天澤回去了。

4

過了深夜兩點的音樂廳。

我靜悄悄地打開沉重的門扉。

寬敞的室內只有一個人坐在座位上背對著這邊。

在彷彿連踩踏地毯的腳步聲都會響徹周圍的靜寂之中，我走近那個人物。

「學生可是被禁止在這種時間離開客房耶。」

「別這麼說嘛。倘若不挑這種時間，就沒有機會能確實地兩人獨處。」

「假如被人看見，到時您會負起責任的吧？茶柱老師。」

茶柱絲毫沒有要面向這邊的意思。

「別擔心。教師的夜間巡邏只到十二點為止。」

「如果是那樣倒還好。那麼，您特地找我出來，是打什麼主意？」

「暑假結束後就是第二學期。然後下一個考試也會跟著開始吧。」

「我想也是呢。畢竟去年是直接開始體育祭嘛。」

「是啊。但今年不同，會在體育祭前舉辦一場特別考試。」

「您把這種情報告訴我沒關係嗎？」

教師不可能被允許向特定學生洩漏對班級有利的情報。

「還是說下一場特別考試已經開始了？」

「不——不是那麼回事。」

也就是說，把我叫到這裡還有說這些話，都是茶柱的獨斷行為嗎？正因為我一直覺得她是個平常不會特別關照班級的班導，所以大感意外。

她不知在思考著什麼，突然陷入沉默。

一直站在她旁邊也不是辦法，因此我沒來由地前往台上。

平常可以在這間音樂廳欣賞現場演奏的音樂。

大型的高級平台式鋼琴就這樣擺放在台上。

因為今天也有人在這間音樂廳進行演奏嗎？鋼琴上沒有一絲塵埃。

「月城代理理事長不惜賭上自己的去留，也試圖在無人島排除你。就算你父親是名人，他固執的程度也堪稱異常。」

「我想也是呢。只不過要訂正一點的話，就是月城打從一開始就對理事長的位置沒有任何興趣喔。他不過是為了排除我，才利用了那個職位而已。」

「也就是說有那麼強大的勢力在運作嗎？」

我完全無法理解——茶柱這麼說，雙手交叉環胸。

「您差不多願意說了嗎？」

「……是啊。」

茶柱深呼吸了一下，然後靜靜地說了起來。

「你怎麼分析自己的班級？」

「怎麼分析是指？」

「你認為我們班有足以升上A班的實力嗎？」

「您居然問自己班的學生這種問題嗎？」

「我想先聽聽看你怎麼說。」

這可不只是稀奇了啊。

表示茶柱應該也有什麼想法吧。

「說得也是呢，我認為在二年級當中，我們班毫無疑問擁有最大的潛能。話雖如此，就這樣放著不管也不可能升上A班。要追上目前以A班身分遙遙領先的坂柳班是相當困難的事情喔。」

教師應該很清楚關於這所學校的事情吧。

「我認為最起碼的條件是整班能團結一致。然後其中也包括茶柱老師您。」

我這麼說，於是茶柱露出驚訝的表情看向了我。她的表情像是在說她自己其實也明白啊。

「我……在你眼中，我看來是怎樣的老師？」

真要說的話，茶柱至今一直是以冷酷的態度在對待班上同學。

應該說她像要推開我們，拋棄我們似的度過每一天。

「雖然覺得贏不了，又無法澈底捨棄希望的老師——一言以蔽之就是這樣吧。」

「還真嚴苛呢。」

「您打算利用我的事實與印象，現在也完全沒變喔。」

「是啊，你說得沒錯。」

除非茶柱由衷地訂正這個錯誤，否則她是不會改變的。

「不是因為自己想成為A班，才讓學生努力。而是妳要為了強烈地盼望升上A班的學生去努力。」

「綾小路……」

「這麼一來，答案就會自然而然地浮現。我是這麼認為的。」

「……你剛才說我們班有必要團結一致對吧。」

「對。」

「那裡面當然也包括你。」

「那當然嘍。」

彼此的視線互相交錯，茶柱大大地倒抽一口氣。

「假如我說要捨棄過去的自己呢？」

她的眼神彷彿在詢問我的覺悟。

最好當作在這邊的謊言都會被看穿吧。

「如果妳說要捨棄過去的自己，我也打算暫且捨棄至今為止的想法。假如妳認真地想以A班為目標，我今後也不打算吝惜自己的力量。」

「……這樣呀。」

這番話是否能讓茶柱有所改變呢？

雖然現在還不曉得這點……

「當妳變得能夠積極向前時，我們班一定能在真正的意義上開始改變。」

「……說得也是呢。」

茶柱抬頭仰望高高的天花板，閉上了雙眼。

看來確實在她的內心帶來深刻的影響。

我應該就這樣離開現場，但這時的我不知何故，陷入一種跟平常不太一樣的心情。

茶柱作為班導的評價依舊低落。

但把她當成一個普通人看待時，她的評價略微地開始產生了變化。

遠比想像中還要脆弱，彷彿只有外表變成了大人的人物。

我坐到椅子上，打開鋼琴鍵盤蓋。

「……你在做什麼。難不成你會彈鋼琴嗎？」

我沒有回答她的問題，只是滑動指尖開始演奏曲子。

演奏結束後，茶柱反常地送上掌聲。

「雖然我並非精通音樂，但你的演奏很精彩。就算努力練習，我也一輩子都彈不出那種水準的演奏吧。剛才那首曲子的確是——」

這時，在靜寂的音樂廳裡，後方響起微弱的聲響。

茶柱慌張地站起身，轉過頭看。

從黑暗中現身的是面帶微笑的月城。

「是貝多芬的《給愛麗絲》呢。縱然曲子本身的難度並不高，但居然能那般完美地彈奏，真是出色的本領。只有我跟茶柱老師欣賞到這場演奏實在太可惜了。不過目前這個時間是禁止學生隨意外出的，你應該知道輕易打破規定是要受到懲處的吧？」

「月城代理理事長，這是……」

茶柱慌忙地想找藉口，但月城溫和地制止了她。

「請放心。我已經於今日被解除代理理事長一職了。因為已經確定坂柳理事長會復權，我現在只是沒有關係的一般人。我不會向校方報告此事。」

「……可以相信您嗎？」

「根本沒必要相信我。不過，從我在這裡現身的瞬間開始，綾小路同學就已經注意到我的存在。倘若感情動盪不安，也會反應在演奏上。但你的演奏看不出有絲毫動搖……這是為何呢？」

「理由很簡單。即使我會受到懲罰，您也無法下達退學處分。因為我跟您的戰鬥，就只有是否會退學這一點而已呢。特地譴責我未經許可外出並給予懲罰，也沒有任何意義吧。」

「就算明白這點，被人撞見不想被看見的場面，一般也會感到慌張喔。你的膽量是遺傳自父親嗎？」

「不巧的是我沒有被他養大的記憶。」

我關上鍵盤蓋，與鋼琴拉開距離。

「一到早上就再也無法跟你交談了。一想到這點，我就想最後再來見你一面。」

船內四處設置著監視器。

他是經常在確認會拍到我那間客房的走廊影像嗎？真是閒著沒事做。

「如果我離席比較好，我這就離開。」

「不，妳繼續待著也無妨。隨便讓綾小路同學跟我兩人獨處，反而會對他不利吧。妳最好留在現場，以便盡到保護學生的職責。」

月城來到我們身旁後，坐在跟茶柱相隔兩個座位的椅子上。

「演奏會已經結束了嗎？」

「如果您有話要說，請盡快說完。」

因為知道月城在開玩笑，我催促他有話快說。

「我是不抱希望地來進行最後一次談判。你是否有提出退學申請書，乖乖回去的意思呢？」

「月城代——先生。您究竟是打什麼主意呢？」

聽到退學這個關鍵字，茶柱稍微蘊含著怒氣插入月城跟我之間。

「打什麼主意是指？」

「您未經許可介入特別考試，企圖讓綾小路退學。光是那樣，原本也是無法原諒的行為。」

「這點妳也是一樣喔，茶柱老師。妳剛才不也夾帶私情，想告訴他關於下次特別考試的事情嗎？」

雖然不清楚詳情，但月城似乎也以他的方式識破了茶柱的目的。

「這行為的確不值得稱讚。但我並非為了讓他在考試中占有優勢，才想告訴他考試內容。」

「或許在妳內心是那樣想也說不定，但妳無法證明這一點。因為我碰巧出現在這裡，才能將作弊行為防範於未然。」

「這……」

「而且妳的罪狀不只一個。妳明白的吧？」

目前茶柱的罪狀是在禁止外出的這個時間把學生叫出來。

即使是教師與學生的關係，男女獨處一室也是不能放過的重點。

月城也能固執地抓住這個些微的破綻攻擊。

「要是引起騷動，會傷腦筋的不是我，而是茶柱老師妳喲。還有綾小路同學也是。」

假如演變成師生之間的淫亂事件，不是被警告就能了事的吧。

知道的話就別插嘴——這是月城對茶柱的威脅。

「唔……」

完全遺忘這部分的茶柱理解了自己置身的立場，退後一步。

「這樣就行了。」

月城始終面帶笑容地靠近我，已經逼近到大約兩公尺的距離。

「我不會在這邊動什麼手腳的，請放心。」

「無論什麼狀況，倘若對自己有利就會行動。我分析出來的你就是這種人。」

「也就是說您對我有某種程度的高評價呢。」

至今我一直勉強逃脫了月城的陷阱。

但是，那終歸是因為月城貫徹了還不能稱之為旁門左道的做法。

只是非法操控考試、暴力、綁架等等這種程度的行為。

恐怕這個男人要是認真起來，不會只是之前那種程度就了事。

「我不會退學的。」

「雖然遺憾，但也無可奈何。那麼，也就是說你會繼續留在這所學校生活，直到畢業為止呢。」

「我是那麼打算的。只要我沒有根據校規遭到退學處分。」

「無論你多想留在這個世界，確實都無從反抗那種處分呢。」

雖然我們在這邊彼此都沒有說出口，但White Room學生的影子還在周圍若隱若現。

「你很聰明，也很強大。你優秀到只要是知道你實力的人，無論是誰都會這麼認為。」

最後月城站在我的眼前。

「但無論有多麼優秀，終究還是個孩子。你最好理解到那個人是把你這種強大的實力也算進去，才將我送進來的。」

換言之，那個男人也預料到了我會像這樣擊退月城的未來……？

「如果你想盡可能多度過一天校園生活，最好仔細思考。」

「我會銘記在心。」

淺淺一笑的月城不知是想到了什麼，他一個人笑了一下。

「不過這所學校意外地很有意思。雖說世界廣大，但能在無人島進行特別考試的，也只有這所學校吧。讓我回想起自己小時候熱中於童軍活動的時期呢。」

月城這麼說，朝我眼前伸出左手。

「這次真的要就此道別了，綾小路同學。能跟我握個手嗎？」

我實在不覺得他伸出的左手只是單純的道別問候。

我同樣伸出左手回握，於是月城看似滿足地點了點頭。

「那麼——改日『再』相見吧。」

月城最後用右手掌拍了拍我的左肩，轉身離開了。

「噢，還有，兩位記得在五分鐘以內解散。要是超過時間，我會向學校報告此事。」

我跟茶柱目送月城離開，直到看不見他為止。

「在意細節也沒用，但想不到他會用左手要求握手啊。表示他到最後都對你充滿敵意嗎？」

一般來說，大多會用右手來握手。

哎，但現代人不會在意這種事情，說不定也不曉得這層含意。

「雖然我不那麼覺得就是了。」

「這話什麼意思？」

月城毫無預兆地提到他曾熱中於童軍活動。雖然一般認為用左手握手很失禮，但在童軍活動中卻是例外。

其意義是——

「請您忘了吧。去思考那男人的想法也只是白費時間吧。」

也很有可能是看起來別有用意，但其實毫無意義。

「我先回去了。」

「說得也是，那樣比較好。」

既然已經被月城發現，在這邊無視他的警告非常危險。

「抱歉啊。都怪我隨便找你出來，才會有破綻讓月城代理理事長趁虛而入。」

「我無所謂喔。再說我好像也能看見些什麼了。」

在走到出入口時，我沒有轉頭，只是留下一段話給茶柱。

「我剛才也說過，今後我們班會向上提升或向下沉淪，對老師而言並非可隔岸觀火之事。您最好先理解這件事喔。」

無論有怎樣的特別考試在等著，學生們都只能向前邁進。

能帶頭引導他們的人，只有各班的班導而已。

心靈互相接觸之時

我們結束在豪華遊輪度過的假日，搭上巴士回到了高度育成高級中學。

那之後重複著在宿舍的生活與來回櫸樹購物中心的日子，我自己都覺得度過了一段甚至能稱之為怠惰且懶散的鬆懈時光。

這段期間一起玩的成員變多，與去年無法相提並論。

綾小路組的成員、須藤跟池這些初期就感情不錯的學生們，還有跨越班級隔閡的石崎跟日和，最後還變得也會跟一之瀨班的成員稍微閒聊——接連發生許多就算告訴去年的自己也不會相信的事情。

然後——

「啊～啊，暑假只到今天就結束了嗎～」

惠撲通一聲坐到床上後，一臉憂鬱似的仰望著天花板這麼嘟噥。

為了從第二學期開始向大家公開我們的關係，我跟自己的戀人輕井澤惠定期私下約會。今天是私下約會的最後一天。

儘管共享著感覺心不在焉的時間，但也絕不會感到渾身不自在。

若對象是沒什麼交情的朋友，或許會心想必須聊些什麼才行而感到焦急，或覺得有些疙瘩。

「從明天開始就可以告訴大家我跟清隆的關係對吧……總覺得很緊張呢。」

「也沒有必要硬是說出來啦。就算妳的地位一落千丈，我也不會負責喔。」

「我絕對要說出來。有什麼萬一時，可以拜託清隆你保護我，所以不要緊的。對吧～？」

雖然惠像在開玩笑似的這麼說，但那無庸置疑地是真心話。

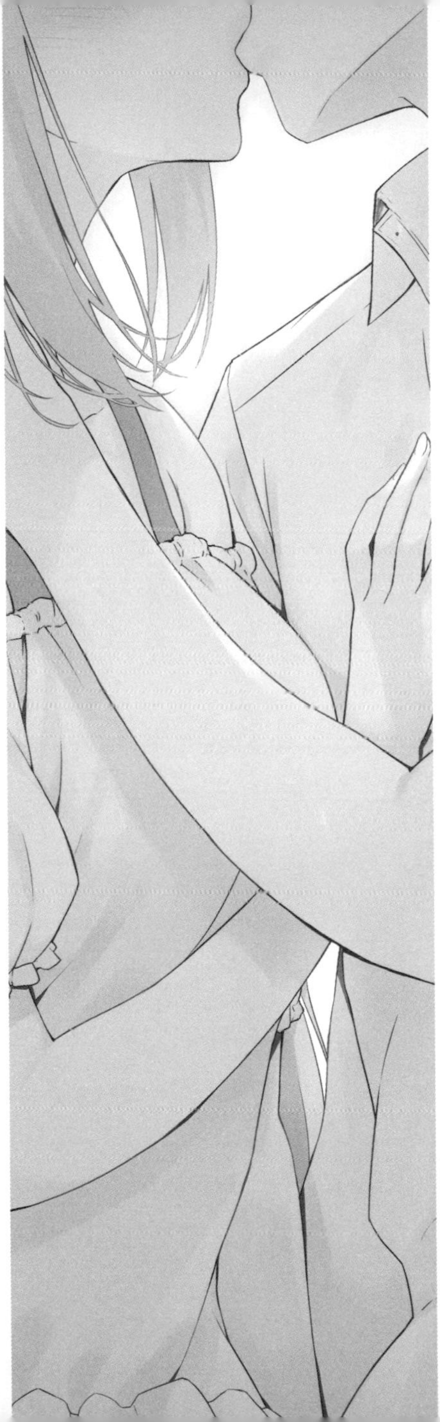

因為她是藉由寄生在強大的宿主身上來保護自己。

我喝掉剩下的最後一口咖啡，坐在惠的身旁。

我握住她纖細的手，於是她溫柔地回握。惠有些害羞似的面向這邊。

「惠。」

我在這個時間點將自己的嘴唇重疊到她柔軟的嘴唇上。

「清、清隆……」

「很驚訝嗎？」

「唔、嗯，我嚇了一跳。能、能不能事先報告一下……不行嗎？」

我沒有用話語回答這個問題，而是決定用行動回答。

我溫柔地抓住她的肩膀，將她拉近身邊。

「嗯……！」

第二次接吻。在嘴唇碰觸到的瞬間，惠的肩膀稍微往上跳起，可以感受到她的驚訝。

我立刻移開嘴唇，於是一雙帶著彷彿感到安心又像依依不捨似的眼睛看向了我。

「……又是突襲。」

「是嗎？我覺得是滿普通地吻上去了啊。」

關於接吻的時機，只能靠今後勤勉地反覆練習來記住了。

「至少我還沒做好心理準備呀……」

「那麼，這次能做好準備了嗎？」

「咦？……嗯……」

惠這麼說並點了點頭，她閉上雙眼，表現出準備接受接吻的樣子，因此我再度吻了上去。

至今為此的兩次接吻只有碰觸大約一秒，但這次不同。

五秒、十秒——時間相當長。

然後我慢慢移動嘴唇，重複著如小鳥輕啄般的吻。

在感覺只有我跟惠停止了的時間流動中……

高中二年級的暑假最後一天。我跟惠知曉何謂接吻，一同登上了一個階段。

我們修完戀愛課程的前半段，準備踏入後半段。

接下來我們會以情侶的身分光明正大地度過校園生活吧。

或許會因此被捲進不少麻煩之中。

即便這樣，我們也會兩人手牽著手，一起對抗困難。

雖然緩慢但確實地一步步前進，就彷彿季節從夏至秋，從秋至冬的變遷一般。

彼此的關係會越來越深，變成不可或缺的事物。

我反覆確認嘴唇的滋味，但我的思考擅自邁向更遙遠的前方。

當離別的季節臨近時，這場戀愛會迎向最後的局面——

因為已經確定會面對一場極為困難的試煉。

輕井澤惠從宿主身上被分開時，要一個人站起來積極向前。

那就是這門戀愛課程中最重要的事情。

後記

大家好，我是在進入明顯變熱的季節後越來越難受的衣笠。

因為是我最討厭的季節前兆，我從現在開始就感到戰戰兢兢，但幸好最近社會大眾傾向於沒事少出門，所以待在家也不會挨罵。話雖如此，小孩子們應該會想到外面玩才對，如果有方法可以讓他們出去玩，又不會給別人造成麻煩就好了。

這方面就看各人如何大顯身手，例如ＤＩＹ之類的……

好的。雖然開場白是無關緊要的閒聊，總之四・五集是暑假篇。

雖然自己還是學生時的暑假，已經是古早以前的往事了……但我從來沒有別人常提到的那種想要回到以前學生時代，重新來過的想法。並不是有什麼討厭的回憶，可以說那是一段挺快樂的校園生活，但我完全沒有自信跟毅力能夠重複每天早上起床、念書、打工然後回家這種迴圈！這就是衰退。

視力也是日漸衰退，光是想像再過十年後不曉得會變怎樣都讓人毛骨悚然……未來也好可

怕！

跟去年不同，這次的故事是描寫沒有特別考試，在豪華遊輪上的假日。

綾小路與惠的關係，還有同學們的變化。

一年級新生們與南雲等三年級生的變化。

我想應該能看到跟一年前的暑假相比，學生們有了大幅成長的模樣。

還有相對於成長的學生們，監督他們的大人們則是……

那麼，雖然會稍微涉及劇透，但各位是否猜到White Room的學生是誰了呢？

嗯，應該都猜到了吧。我明白的，故事接下來才要開始。

從第五集開始是二年級篇的第二幕，我想應該會成為巨大的轉換期吧。

下次的故事就是第二學期開幕，各年級不同的特別考試。

這似乎是睽違了好幾集只有二年級生的特別考試，儘管對此事感到驚訝，還是希望下一集也能讓各位看得開心。

目前社會上也面臨許多辛苦的狀況，大家一起努力跨越這些難關吧。

那麼，希望近期能與各位再會！

國家圖書館出版品預行編目資料

歡迎來到實力至上主義的教室, 2年級篇. 4.5 / 衣笠彰梧作 ; 一杞譯. -- 初版. -- 臺北市 : 臺灣角川股份有限公司, 2022.07

面；　公分. -- (Kadokawa fantastic novels)

譯自：ようこそ実力至上主義の教室へ 2年生編. 4.5

ISBN 978-626-321-591-7(平裝)

861.57　　111007253

Kadokawa
Fantastic
Novels

歡迎來到實力至上主義的教室 2年級篇 4.5

（原著名：ようこそ実力至上主義の教室へ 2年生編 4.5）

2022年7月28日 初版第1刷發行
2024年10月4日 初版第4刷發行

作　　者：衣笠彰梧
插　　畫：トモセシュンサク
譯　　者：一杞

發 行 人：台灣角川股份有限公司
總　　監：呂慧君
總 編 輯：蔡佩芬
主　　編：林秀儒
編　　輯：楊芫青
設計指導：陳晞叡
美術設計：宋芳茹
印　　務：李明修（主任）、張加恩（主任）、張凱棋、潘尚琪

發 行 所：台灣角川股份有限公司
地　　址：104台北市中山區松江路223號3樓
電　　話：（02）2515-3000
傳　　真：（02）2515-0033
網　　址：www.kadokawa.com.tw
劃撥帳戶：台灣角川股份有限公司
劃撥帳號：19487412
法律顧問：有澤法律事務所
製　　版：巨茂科技印刷有限公司
ＩＳＢＮ：978-626-321-591-7